GOBOOKS
& SITAK
GROUP©

三日月書版

三日月書版

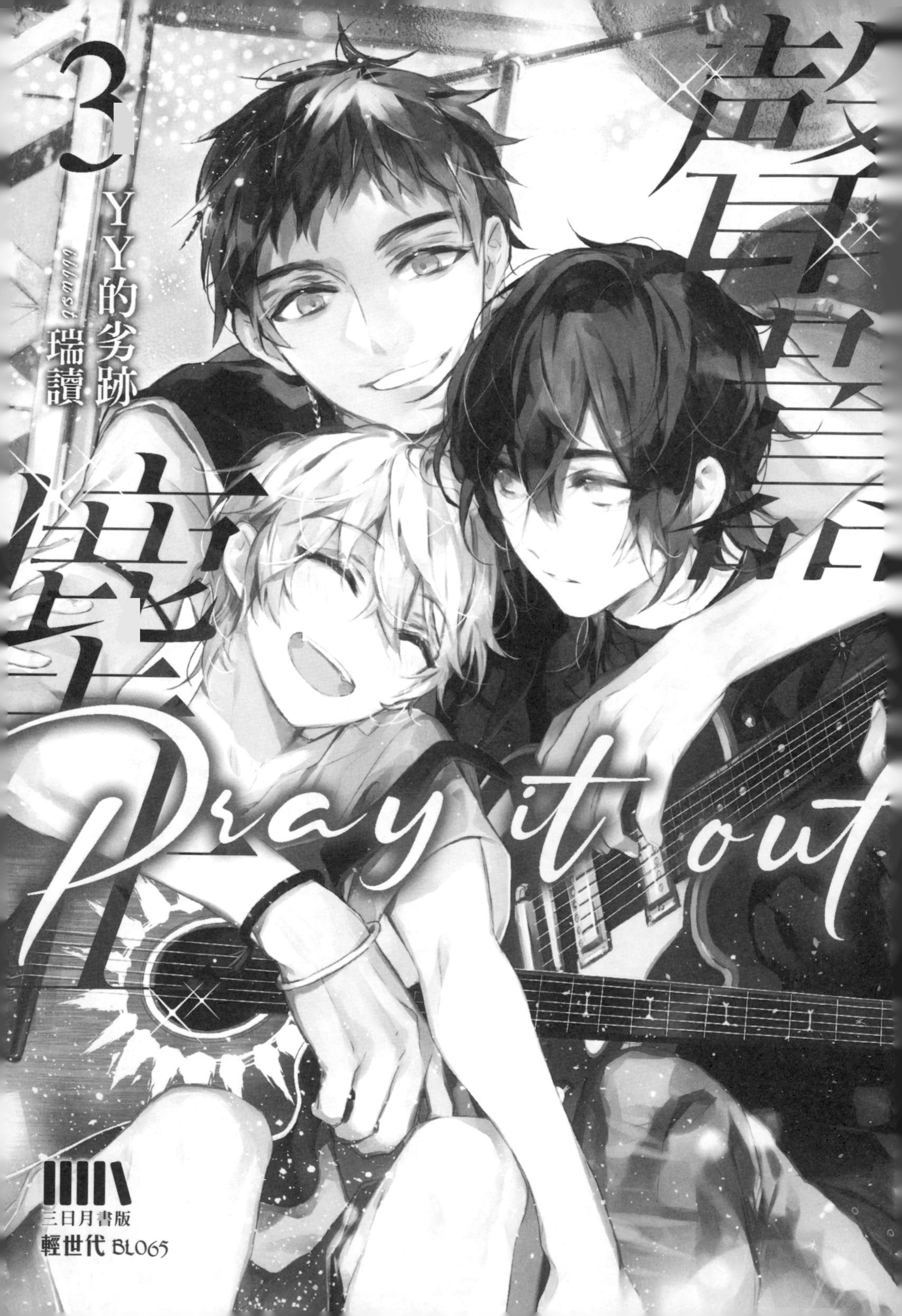
3
YY的劣跡
illust 瑞讀
Pray it out
三日月書版
輕世代 BL065

THE PRAYER
Vocalist
Yan Huan
Guitarist
Fu Sheng
Drummer
Xiang Kuan
Bassist
Yang Guang
KEEP OU

The Prayer Full Album

# PRAY IT OUT

## The Prayer Full Album
## PRAY IT OUT!! Vol. 3 Playlist



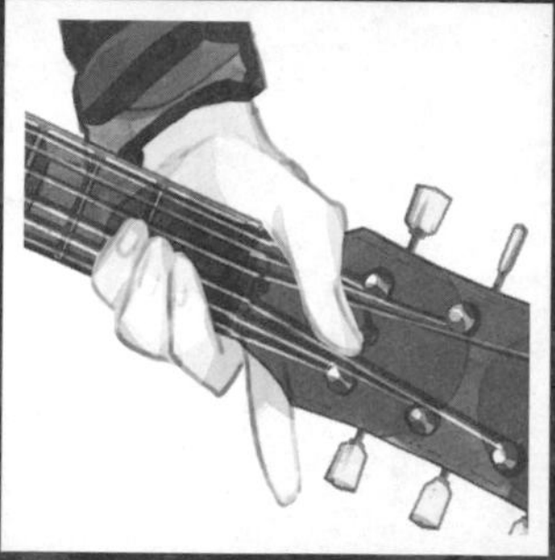

悼亡者
The Prayer
Band Member Profile
BAND
MEMBER
嚴歡
Character File 001
Yan Huan
Age
17
Position
主唱 Vocalist
骨子裡就帶著叛逆的小孩。
不想對世界妥協，不想理會大人的規則，討厭被束縛。

悼亡者
Prayer
Band Member Profile
BAND MEMBER
付聲
Character File 002
Fu Sheng
Age
23
Position
吉他手 Guitarist
不從眾的天才吉他手。
對音樂抱持純粹的堅持，了解搖滾，了解自己想要什麼。

悼亡者
e Prayer
Band Member
Profile
BAND
向寬
Character File 003
Xiang Kuan
Age
25
Position
鼓手 Drummer
普通的好人，
有著雜草般的韌勁。
有時候會發現他不為人知的一面。

悼亡者
The Prayer
Band Member Profile
BAND
陽光
Character File 004
YangGuang
Age
25
Position
貝斯手 Bassist
只有外表陽光的毒舌青年。
看起來很聰明，實際上卻有點傻。

# 01

## #Pray it out

世界一流

眼睛瞪大，嚴歡不願意錯過舞臺上付聲的任何細節。

他右手上的撥片，很眼熟，嗯？不正是自己的那一個嗎！付聲這傢伙，拿了我東西也不說一聲。嚴歡有些牙癢癢地想著，繼續打量。

這把吉他，應該是臨時借來的，以嚴歡目前的眼光還看不出什麼究竟。但是意識裡，**John** 卻是說了聲不錯。

既然老鬼都認可了，那這應該真的是一把不錯的吉他吧。嚴歡有些出神地想，不知道等等能不能拿下來讓自己練練看。

「你就做夢吧。」**John** 知道他的想法，嘲諷道，「將這樣一把吉他交到你手裡，是對吉他和製作者的侮辱。」

「……」

嚴歡牙齒拚命蹂躪著下唇，眼裡似乎都在閃爍著點點淚花。

他忍……

他真的，快要忍出內傷了！

舞臺上的付聲，似乎比平時更沉默了。身後幾個外國樂手在和他交流著什麼，也不知道付聲這傢伙能不能聽懂外語。只見那幾個金髮老外和付聲說了一句後，付聲點了點頭，低頭輕撫了一下吉他弦。

他準備好了。

嚴歡看著付聲，心裡這麼想。

**鏗，鏗，鏗，鏗！鏗，鏗，鏗。**

**鏗鏗鏗，鏗鏗鏗**。

誰想到，第一個響起的卻不是付聲的吉他，而是一個肌肉老外的鼓點聲，密集地連成一串，像是轟轟駛來的一列火車，衝進名為搖滾的月臺。

這不過是前奏而已。

「呦——！」

有人打著呼哨，對著臺上的樂手們招呼著。

**噠、噠、噠——！**

鼓手敲擊了三下，對臺下的觀眾們示意。隨後，臺上的幾個人和付聲對視一眼，似乎不需言語，默契油然而生。

表演開始！

付聲輕撫弦線的右手停頓了一秒，只一秒，下一瞬，如驚雨一樣的吉他聲便傾瀉而來。

嘩嘩嘩地，彷彿是從天空直落而下。

強烈的節奏感，伴隨著勁動的旋律，讓人不由得隨著節拍點著腳，頭也不自主地晃動起來。

抱著吉他的付聲，就像一個掌控著全場樂迷情緒的大師，弦音像是被施了魔法一樣，操控著所有人。嚴歡豎起耳朵聽，鼓點的敲擊，貝斯的低吟，還有吉他的華麗激昂，全部竄入耳膜。

他不由得張大嘴。

「好……好厲害。」

這完全是有感而發，嚴歡自己都沒有注意到他發出了這樣的讚嘆。

而主唱年輕活力的聲音，就像是澆在火上的一桶汽油，瞬間點燃了所有人的情緒，讓每個人都嗨到了最高點！

**噔噔噔噔，噔噔噔！**

**噔噔噔噔，噔噔噔！**

主唱的歌聲間隙，是鼓手毫不留情的猛然敲擊。那激烈的敲打聲，真是讓人連呼吸都要喘不過來，只能屏息聽他的擊打！

而在這樣的激昂中，貝斯時隱時現，以不讓人注意到、又無法忽視的存在感，挑逗著聽眾敏感的神經。

世界級水準的演奏！

世界一流的樂團！

而在這樣一支令人瞠目結舌的樂團中，付聲的吉他卻一點都沒有被掩蓋。在高超的貝斯和鼓手的壓迫下，付聲卻仍然是最令人矚目的那一個！

他的吉他，簡直就像上帝賜予的聲音！

旋律隔開空氣，撕裂你的耳膜，令人血脈都沸騰、咬牙切齒地隨之嘶喊著！

付聲賣力地彈奏著，身體激烈擺動，他臉上第一次有了冷漠以外的表情，那是專注、認真、愉悅！配合著主唱的每一聲歌唱，吉他如影隨形，卻更喧賓奪主般宣揚著它的存在。

手指在吉他弦上的撥動，快得幾乎都要留下殘影。

在場的所有樂迷都不由自主地一起高歌，就連嚴歡，也跟著大聲喊了起來。然而無論他們有多激動，歡呼有多大聲，那如驚雷一樣的吉他，依舊是全場最醒目的聲音！

付聲的吉他像是有了生命一樣，被他彈奏著無以倫比的音色，無法超越的旋律，震人心魄的節奏！

有人眼中流出了熱淚，聲嘶力竭地大喊著。

臺上的樂團也早已汗流浹背，熱氣蒸騰，彷彿隱不可見的搖滾之魂也在這樣的汗水淋漓中，昇華得可見！

伴隨著主唱最後一聲沙啞的嘶吼，一切聲音戛然而止！

不到三分鐘的時間，嚴歡卻覺得自己像是洗了一個澡一樣，渾身都溼透了。他再一看周圍，卻見大家都和自己一樣，不，應該說是比自己更火熱更激情的人不在少數。

只是不知不覺間，就沉入同一個世界中了。

這就是搖滾的魅力！

嚴歡不禁笑了，他看向臺上的付聲，心中有著隱隱的驕傲。然而在看清舞臺的那一刻，似乎有什麼無聲地澆滅了他的激情。

付聲在笑，在和那些外國的樂手們擊掌歡笑著。他臉上雖然有疲憊的神情，更多的卻是滿足。

這樣的付聲，什麼時候對自己顯露過？他有什麼時候，對自己這樣笑過……

嚴歡心裡有些苦澀。

「喂，John，在你看來，他們剛才的表演如何。」

「世界一流水準。」

「付聲也是嗎？」

老鬼沒有回答，是不想刺激嚴歡，但是嚴歡怎麼又會不明白。能和這樣的一支樂團合作，並十分亮眼，付聲的實力已經顯而易見了。

遠不是現在的他能夠趕得上的！

嚴歡低著頭，沉默在燈光的陰影下。

「那個小子怎麼了？好像受了什麼打擊？」一旁的沙崖悄悄打量著嚴歡，疑惑道。

明斐笑道：「大概是明白了吧。」

「明白什麼？」沙崖不解。

明斐溫柔地說：「明白這個世界是多麼的殘酷，完全不是一個小鬼可以玩得動的。」

「……團長，我怎麼覺得你這句話很不懷好意。」

「呵呵，有嗎？」

燈光下的付聲，一下子變得刺眼，嚴歡別過頭去，突然覺得有些窒息，他想要出去走一走。

而一大群歡呼沸騰的樂迷中，一個人向外獨行的嚴歡是那麼的不起眼，幾乎沒有人會注意到。

舞臺上，正在彈奏下一曲的付聲突然抬起頭來，看著某個方向，須臾，他又繼續沉浸到表演中，好像什麼都沒有發生。

外面的涼風吹到臉上，一下子讓嚴歡清醒許多，連帶之前心裡的抑鬱和一些小小的埋怨，都隨風而散了。

「真是的，我在想些什麼？」嚴歡自嘲道。

他竟然覺得，剛剛那一瞬，有被付聲背叛的感覺！

怎麼會那麼想?!付聲只是去幫朋友一個忙而已，而且悼亡者現在也沒有正式開始活動，他去別處串場練習一下，也不無不可啊。

說到底，還是自己心裡不平衡了吧，付聲那麼出色，而自己卻還是一個小鬼。

「竟然因為這種事情鬧彆扭，我還真的是一點都不成熟。」

「哦？難得你自己竟然想通了。」John道，「我還在想要怎樣開導你呢。」

「我又不是幼稚園的小鬼，哪需要人哄？」

「嗯？」

「好吧，我承認我心裡是有那麼一點點不爽，只有一點點而已。」嚴歡嘆氣，

「世界上的一流樂團，原來真的這麼厲害啊。而付聲這個傢伙，比我想像中的更厲害，讓我嚇了一跳。」

「害怕？」

嚴歡搖搖頭，又點點頭。

「不知道。」

「不要模棱兩可，給我乾脆點！」John 斥責道。

「就是，那種知道自己還差得遠的沮喪感，還有不知道什麼時候才能趕得上的無力感。是要一年，還是兩年？要變成那樣，我還需要多久呢？我心裡很不安。」

John 聽後，啞然道：「不安？歡，要是聽見你這話，全世界百分之八十以上的搖滾樂團，才要不安。一個學習搖滾還不足半年的小毛孩，竟然想要在一兩年內趕上世界水準，你這是在活生生地打他們的臉。」

「不、不行嗎？」嚴歡有些羞惱。

「不，不是不行。」

John 笑了，「我很期待那一天，你能站在世界舞臺上的那一天。」

這個少年，是在他的眼皮底下，從一個一無所知的普通人，漸漸地愛上搖滾，而如今又被刺激得有了想要衝擊世界的欲望。

John 是真的很期待，當有一天嚴歡站在世界級的舞臺上，和他的樂團一起演出的場景。

他非常、非常地期待那一天。

嚴歡也笑了。

「我也很期待那一天，到時候我一定會帶著你一起去的。」

「嗯。」

「對了，John，胡士托音樂節，世界第一大音樂節，你去過嗎？」

「沒有。」

「哈哈，原來你也不過如此嘛。不過別擔心，到時候我一定會帶你去的，將你生前的遺憾補足！」

「……」

John 反思，嚴歡這種給點陽光就燦爛的個性究竟是怎麼養成的？一下子從低落變得這麼開朗，難道是自己平時奚落他還少了？

不行，以後一定要更加打擊打擊他才對，不然這小鬼的尾巴都要翹到天上去了。

「咦？怎麼跑到這來了？」

一邊走路一邊走神的嚴歡，沒有注意到自己是什麼時候跑到舞臺後面的準備室了。剛才在入口那邊守衛的保鏢都沒有攔下他，應該是還記得嚴歡是和付聲一起進去過的吧。

不過既然來了，哪還有走的道理？

嚴歡狡猾地笑，不知道SID在哪一個房間？自己偷偷潛入進去要個簽名什麼的總是可以的吧？

就這麼幹！

嚴歡偷笑一聲，躡手躡腳地向前摸去。

「你在這裡幹什麼？」

正在嚴歡偷偷摸摸地潛入時，背後傳來一個不冷不熱的聲音，差點把他的心嚇得從喉嚨裡跳出來。

「我……我，怎麼是你?!」

嚴歡一轉頭，見到喊他的人原來是許允，藍翔也正站在他身後。

「為什麼不能是我？」

許允好笑道：「走在自己開的店裡，難道還需要別人批准嗎？話說回來，你在這裡幹什麼？」

嚴歡一驚！

「我、我……」

「對了，是付聲叫你過來幫忙的吧？正好，快跟我來。」

不等嚴歡出聲，許允上前拉住他的手，拽著他就向前走。

「等等，等等，去哪啊？」嚴歡一頭霧水。

「等不及了！我可沒有那麼多時間陪你浪費。」

「……」嚴歡暗自忍耐，轉了轉頭，問道：「我怎麼沒看見SID他們？」

他們在這個準備室附近也走了有一段距離了，經過了幾個房間，怎麼還是沒看見SID呢？

「哦，他們啊，他們在國內還有別的行程，表演一結束就走了。」許允奇怪道，「怎麼，你想要找他們，要簽名？」

嚴歡默默流淚，「沒有，我只是沒事問問而已。」

「吃飽太閒。」

「……」

藍翔跟在後頭，似笑非笑地看著前面兩人。

沒過多久，三人走到了最裡面的幾間房門口。

「就是這了。」

許允說著，一把拉開門。

一股惡臭撲面而來，嚴歡忍不住想捂住鼻子。這麼臭，難道是垃圾房？

可是在這一陣陣的惡臭內，他卻看見室內有一個人背朝天趴在地上，在那人附近，是許多不明液體。由於實在是太倒胃口，嚴歡的眼睛自動替地上那堆嘔吐物加上了馬賽克。

「唔……呃喔嘔嘔！」

那趴在地上的人形物體又是一陣嘔吐，聽得連嚴歡都不由得吞嚥了一下，感覺胃裡冒出一股酸水。不僅是他，就連許允和藍翔兩個人臉色都蒼白了一下，下意識地伸出手捂住口鼻。

「你去扶他一下。」

許允對嚴歡道。

「哎，為什麼是我？」

「廢話？付聲不就是讓你來幫忙的嗎，此時不去，更待何時？」許允催促道。

嚴歡真是有苦說不出，可是他又不能說自己是偷溜進來的和付聲沒關係。不然到時候，還不知道會被怎樣呢。

他只能忍受著胃裡的翻滾，去將地上趴著的那個人扶了起來。可是將這人翻過身來後，嚴歡的肚子翻攪得更厲害了。

你妹啊，這傢伙也不知道是吃壞了什麼，不僅吐得一地都是，還把自己一臉都糊上了嘔吐物啊！

「嘔……呃，咳咳。嚴歡，這裡就先交給你了。」許允見狀，連忙後退幾步，

「我們外面還有事，先出去一步。」

「喂，等——」

「你要照顧好他啊！」

「等……」

「對了，我等等會讓人送熱水和毛巾來給你！拜託你把他清洗一下吧！」

「喂，我說——不要把這個嘔吐男單獨留給我啊！」嚴歡哀嚎道，可是他的聲音卻全部被大力關上的門遮擋在室內了。

許允等人早就跑得不見蹤影。

「……」

低頭看了看懷裡吐得不省人事的嘔吐男，嚴歡無奈地嘆了口氣。

「我這是什麼命啊？」

十分鐘後，他用別人送來的熱水和毛巾，終於將這個奄奄一息的傢伙清理乾淨了。

「嗯？原來還是個老外？」

臉擦乾淨後，嘔吐男的原本面貌就顯露出來了。金色的短髮看起來很俐落，眼睛緊閉著，看不出是什麼顏色，不過單從外貌看，就已經是九十分以上的水準了。

看看人家那種族天賦，英挺的眉毛、挺拔的鼻樑，緊緊抿住的雙唇顯得很性感，也帶著一絲禁欲的誘惑。

幾秒後，嚴歡才反應過來自己竟然看一個男人看呆了，還是一個金毛老外。

「喂，不要種族歧視。」John在他腦內抗議道，「歐洲一向盛產美男。」

「哦，那你也是嗎？」

「仁者見仁，智者見智。」

John漢語水準見漲，還會這樣敷衍人了。

嚴歡試著將這個睡美男搬到一邊的沙發上，可這傢伙實在是太重了，不得已，他只能雙手繞過這個人的腋下，用環抱的方式嘗試著將他往上抬。

嘿咻，嘿咻，老外果然就是身肥體膘啊。嘿咻，嘿咻，再加一把力，馬上就要成功了……

「唔，嗯……」

正在此時，那一對長長的金色睫毛突然忽閃了兩下。

「傑西……卡？」

一雙水汪汪的藍綠色大眼睛突然睜開，緊緊地盯著眼前的人，一眨也不眨。

「**Oh, my sweet……**」

老外突然伸手一拉，將還在發愣的嚴歡拉近自己眼前。

還沒反應過來是怎麼一回事，嚴歡只覺得唇上傳來一種溼溼熱熱的觸感，嗯？再感覺一下，還有一些軟軟的……

**啪嗒！**

門被猛然從外面推開！

「你究竟去了哪——」

本來質問的語氣突然轉了個調子，一下子變成零下二十度的溫度。

「你在幹什麼？」

什麼？

嚴歡這才回神，一把推開眼前迷迷糊糊的金髮老外，看著臉黑得嚇人的付聲，他的神色也突然一變。

「我——嘔！」嚴歡突然跑到一邊，抓住垃圾桶猛地吐了起來。

悲劇！那個吐暈了的傻瓜竟然就這樣親過來了，帶著一嘴的嘔吐殘留物和酸味親過來了！

「唔嘔嘔嘔！」

嚴歡吐得臉都白了。

跟在付聲身後進門的許允，看著他這模樣，不由得幫忙道：「阿聲，你就先別質問他了。反正我看他現在也沒有心情回答你這個問題了。」

一大群老外突然又從許允身後擠了進來，他們沒有去管黑臉的付聲，也沒去看吐得正精彩的嚴歡，而是直接越過這幾人，向背靠在沙發上、還一臉迷糊的金髮帥哥奔了過去。

「Oh, Bell!」

「Are you ok?」

呱唧呱唧，一堆鳥語。

嚴歡擦著嘴唇，只覺得吐得渾身無力，他沒有去管那個給了自己一個飛來橫吻的傢伙究竟是誰，也沒空去看後面那幾個衝進來的老外。

剛剛吐完，他就被付聲提著衣領拎了出去。

救、救命啊！

付聲的力氣真不是蓋的，一口氣將嚴歡拎了好幾十米遠，直到見手裡的人快被拎得斷氣才鬆手。

「咳咳咳！」嚴歡立刻深呼吸，恢復供氧。

「你怎麼不待在那？」

「什、什麼？」

他抬起頭，見付聲正陰著臉，一臉我很不爽別來惹我的表情。

「你為什麼沒有待在演出廳？」

待在那裡，去欣賞你和其他樂團的精彩表演？嚴歡心裡有些不是滋味，沒有回答。

「……」

出乎意料的，在一陣沉默後，付聲也沒有繼續逼問他。

一聲輕嘆，輕到嚴歡懷疑是不是自己幻聽？

他抬起頭，見付聲的臉色已經從極黑變為輕度黑了，看起來心情是恢復了一點？

「跟我來。」

付聲一把抓住嚴歡的手腕，帶著他就向外走。

「去、去哪？」

「還能去哪？」吉他手大人轉過頭，狠狠一瞥。

「還有最後一支樂團，你最好祈禱，我們還沒有錯過他們的表演。」

嚴歡和付聲進演出廳的時候，現場一片黑暗，在上一支樂團離開後，最後一支樂團還沒有登場。

觀眾有些小小的喧嘩，但是還是繼續耐心等待，而舞臺上可以看見工作人員在忙碌地調試著，燈光師也在調整著什麼。這副大陣仗的場面，和之前兩支樂團上場的時候完全不同。

嚴歡看著舞臺，明顯地感覺到氣氛不一樣了，和之前兩支樂團表演時的空氣緊繃程度完全不同等級！

舉例來說，如果之前是林平之的表演，那麼現在就是東方不敗的登場。咳咳，換個比喻，就像是小鳥和巨鷹、蝦米與鯊魚、食草動物與食肉動物之間的區別，而這最後一支出場的樂團顯然是後者，是更加重量級的！

嚴歡被付聲拉著，直到靠近舞臺的位置才停下，這一路擠過來有不少人對他們的蠻橫表示不滿，不過在看清付聲的面孔後，本來準備揮拳相向的肌肉男，全部都變成了溫柔的小綿羊，對著付聲寬容地笑一笑就讓他們過去了。

搖滾樂迷是最可愛的一群人，或許外界都以為他們只不過是一群性格古怪孤僻、喜歡追求暴力的少數派，不過真正的搖滾迷都是性情中人，追求最真、活得最真實的一群人。

愛就是愛，恨就是恨，他們從來都是如此涇渭分明。因此看見是付聲在插隊，樂迷們都寬容以待。從另一方面，這也證實了付聲在地下搖滾界的地位。

不過嚴歡現在對樂迷們的大度卻很不滿，就是因為他們這一貫的包容與忍耐，才讓付聲的脾氣越來越倔，人也更加傲慢了。

直到走到舞臺的最前方，付聲將嚴歡往前一推，這才站定，扶正嚴歡的腦袋，將他的眼睛對準舞臺方向，命令道：「從現在開始不經過我的允許，視線不准離開舞臺。」

「是……」

付聲放下手，見嚴歡的腦袋依舊保持著那個角度對著舞臺，他才稍感滿意。

「你為什麼會在KG的準備室？」

果然，質問來了。

「我去找SID，看看能不能要一張簽名。」

付聲撇了撇嘴，「沒出息。」

「不過，KG是誰啊？」

「你剛剛才和人家的主奏吉他熱吻過，就不記得了？」

「……！那個傢伙竟然是主奏吉他手！那個吐了滿身的嘔吐男？」

嚴歡先是震驚，然後是不敢置信，最後悲憤道：「為什麼連那種人都可以當主奏吉他手？」

吉他是他心裡永遠的痛，自從被強制任命為主唱後，嚴歡能彈吉他的機會是越來越少了，偏偏僅有的機會還要被以付聲和John為首的一人一鬼剝奪。他們說，比起嚴歡的歌聲，他的吉他簡直不是人聽的。當然這句話裡難免有誇張成分，但是嚴歡因此而產生的怨念可是一絲都沒有減少。

「那種人？」付聲笑，「就是那種人，被稱作是歐美近十年的三大吉他手之一，入選有史以來最出色的一百位吉他手，是本世紀最出名的吉他天才。他不當主奏吉他，難道讓你去嗎？」

「……」

什麼是人不可貌相，嚴歡今天終於知道了。這麼說來，他今天被這麼一個大人物奪走了初吻，似乎並不吃虧？

付聲的臉一黑，「初什麼？」

「沒，我是說今天和這位偉——大的吉他手的初次見面，還真不是一個好場合，呵呵，呵呵呵。」

一雙黑眸仔細打量著嚴歡，就在他快要承受不住壓力的時候，付聲總算是收回視線，不冷不熱地來了一句。

「是嗎？那下次，你想怎麼和他見面？」

「再說吧。不過我比較想知道，今天你在舞臺上用的那把吉他是那傢伙的嗎？如果是的話，不知道能不能跟他借來彈一下？」

「是我的。」

「什麼？」

「今天用的那把吉他，是我特殊的一把。」

特殊，那是什麼意思？嚴歡剛想回頭問，就被付聲猛地打了一下。

「好好看著，他們要出來了。」付聲道，「與接下來的這支樂團比起來，KG的吉他手還什麼都不是。」

隨著他話音落下，燈光驟滅，第三支、也是最後一支搖滾樂團終於登場。

嚴歡一直看著舞臺，卻不知道什麼時候照明突然暗下，只留下舞臺後的三道明亮燈光打起。

四道高挑的人影突然出現在舞臺上，像是四座佇立的高塔。

左前方主唱，右前方吉他，右二是貝斯，而鼓手則是坐在最後，穩定大局。

燈光從他們身後打出，令人看不清其面容，只有黑色的光與影交錯，構成一個黑白分明的世界。

嚴歡屏住了呼吸。

**嘚、噠、嘚、嘚、噠**。

在一片安靜中傳來的，是不同於爵士鼓的敲擊聲，吉他手拿著吉他，手指在輕輕敲擊著音箱，帶出一種比鼓聲輕薄，卻更歡快的聲音。

**噔兒**～

一聲撥弦。

主唱優雅而沙啞的聲音，在下一瞬亮起，恰如其分地與吉他聲融合在一起。

「Hold on, little girl
Show me what he's done to you
Stand up, little girl
A broken heart can't be that bad」

帶著輕鬆與歌頌氣息的節奏，蕩漾開來。

鼓手舉起鼓棒，如雨點般落下，準確而不多餘地，落在每一個節奏需要的契合點。

「I'm the one who wants to be with you
Deep inside I hope you feel it too
Waited on a line of greens and blues
Just to be the next to be with you」

這是嚴歡第一次覺得原來沙啞的聲線也是那麼富有魅力，籠罩在光與影的交界處，主唱略顯沙啞卻格外深情的歌喉，讓人深深為之著迷。

彷彿每一聲不是在歌唱，而是在傾訴。傾訴心情，傾訴故事。

「Build up your confidence
So you can be on top for once
Wake up, who cares about
Little boys that talk too much」

明明應該是嚴歡聽不懂的別國語言，卻能從裡面感覺出感情，就像使用了一種魔法，一種能讓在場的所有人感情共通的魔法。

在主唱獨特的歌喉外，最顯耳的要屬吉他了。與之前兩支樂團的高昂華麗不同，這一次的吉他溫暖了許多，或者說是溫柔許多，帶著清爽的氣息，令人覺得連心臟都柔軟下來。

這就是搖滾的多面性。

嚴歡看著身邊的付聲，像付聲這樣性格冷硬的傢伙，也能彈出這樣溫柔的吉他嗎？

似乎是察覺到嚴歡的視線，付聲瞪了他一眼，警告他不要分心。

嚴歡連忙收回視線，事實上不用付聲警告，他的身心也早就被舞臺上的演出奪走了。

因為在主唱之後，竟然響起了合唱，幾個樂手默契的和聲帶給人們更大的震撼。不是被震耳的旋律驚住，不是被炫目的節奏與和絃驚豔，只是一首溫柔隨意的歌曲，很容易就打動人心。

就像是你聽見鄰家小孩快樂的玩耍，在天氣好的日子裡去郊外踏青，即使有憂愁，也在朋友們的安慰下，隨著一杯又一杯的啤酒化為無形。

這是一首能讓人快樂起來的歌。

「Just to be the next to be with you.」

最後一道音符落下，與平時的搖滾演出不同的是，這一次歌曲落幕後，樂迷們安靜了好一會，彷彿還沉浸在剛才的美好中不可自拔。

直到幾秒鐘後，一聲又一聲地，整齊的歡呼與掌聲響起！

「Mr. BIG!」

「Mr. BIG!」

「Mr. BIG!」

現場一聲高過一聲的呼喊，以最大的熱情向樂團致敬，樂手們揮手回應。

啪——！

燈光終於打亮，臺上的四個人影露出全貌，竟然是四個頭髮花白的半老老頭。他們彼此相視而笑，莫逆於心，彷彿對於剛剛的一場演出都感覺到了快樂。

歲月帶走了他們的青春容顏，卻沒有帶走他們的搖滾。在音樂裡，他們獲得了永生。

Mr. BIG，上個世紀的搖滾神話之一。

# 02

## #Pray it out

追上去

有一種東西，她像是魔鬼，無時無刻不在誘惑你。

有一種東西，她猶如毒品，一旦沾染上就再也戒不掉。

她無影無形，如煙霧繚繞，永遠徘徊在你周圍，她身姿搖曳，引誘著每一個被它吸引的人，沉迷下去，並樂此不疲。

沒有人能說出搖滾樂究竟是個什麼東西，她是一種精神壓抑後的釋放，是一種嘶吼，是一種反抗或者革命？或者其實，它什麼都不是，只是個人盡可夫的婊子？

哈，不過，如果你想要上這個婊子也要有足夠的本事才行。不然一不留神就被她毫不留情地甩下，恐怕會死無全屍。

當然，在另外一些人眼裡，搖滾永遠都是一個女神。

無論她每年勾引了多少青少年走向罪惡，無論每年因為她造成了上百還是上千起的死亡事件，在狂熱地愛著她的人看來，這些都不是她的錯。

他們說，搖滾只是引領我們的女神，在女神的指引下犯下罪孽的人，是他們自己罪不可赦。

婊子？女神？革命的象徵？

無論搖滾究竟是個什麼，至少在現在的嚴歡看來，她是一個無法企及、又要拚命趕上的目標。

她不僅僅包含著音樂，還有許多衍生事物，例如樂手，樂手們的生活、苦難、興奮、怒吼、分崩離析，這一切一切在內。每一支樂團都有著他們自己的搖滾樂，自己的搖滾人生。

而現在 **Mr. BIG** 帶給嚴歡的搖滾，是一種相攜到老的憧憬。

臺上那幾個歲數不小的老傢伙們所綻放出來的激情，就像是一枚中子彈，一下子在嚴歡眼前炸開，只留下視線裡白茫茫的一片，耳朵內彷彿還在轟鳴，久久不散。

**Mr. BIG** 並沒有表演太多首歌曲，或許是因為他們的年紀，或許是因為行程之類的安排，他們很快就下臺了。

在這一刻，臺下的樂迷們不約而同地致以掌聲！

送給臺上幾個還不肯服老的傢伙，致敬他們的搖滾，致敬他們的人生，也懷念他們所代表的、上個世紀的搖滾黃金時代！

這些彷彿從上個世紀穿越而來的老頑童揮著手，嘴角帶著欣喜滿足的笑意。

有人說他們已經老了，說他們已經過時了，只是些跟不上時代的老古董！但是每一次只要還有人為自己的搖滾鼓掌，他們就覺得堅持到現在，在十數年後又下定決心重組樂團，是一件正確的事情！

沒有什麼事，比你的音樂得到了人們的掌聲還要快樂！

在工作人員的安排下，Mr. BIG的老先生們從舞臺的一側下去，或許他們真的還有許多其他行程，每個人都來不及多做告別。

看著最後一道身影消失在視線中，嚴歡才像是突然反應過來！他臉色大變，連忙推開周圍的人群追了出去。

在哪，在哪，他們在哪！

走道，沒有！

休息室，沒有！

所有該找的地方都找過了，還是沒有！

嚴歡急得冒汗，指尖都刺入掌心。還有哪沒有找過，還有哪?!

猛地渾身一顫，嚴歡邁開大步向門口奔去。果然，他看到 Mr.BIG 的成員們正準備登車離去，他們竟然這麼快就要離開了。

「等等，等——!」

飛撲而去的嚴歡被兩位身材健碩的外國保鏢攔住了，兩雙鐵鉗一樣的手將嚴歡桎梏得死緊，動彈不得!

怎麼能就這樣讓他們離開!嚴歡的腦子裡像是有烈火在燃燒。

「Mr. BIG!」

他大吼一聲，懷著最後一絲僥倖。

正要登車的幾位樂手頓了頓，似乎是聽見有人在呼喚他們，回頭看過來。

那四雙眼睛，帶著不解、意外、好奇，注視著嚴歡。就像是被四個巨人緊緊盯住的一個剛出生的嬰兒，嚴歡緊張得無措，心裡想說的一下子全都堵塞在喉頭。

他幾乎是想都沒有想就追過來，可追過來以後要幹什麼、說些什麼，嚴歡一點都沒有去想！只是不受控制的雙腳促使他追了過來，追上這些人，不想被丟下。

「I, I……」嚴歡的舌頭幾乎快要打結，緊張又興奮，也不管文法正不正確、對方聽不聽得懂，用自己學會的可憐的幾個單詞，大喊道：

「I want to be you!」

我想要成為你們！

成為你們那樣出色的樂手，一直、一生、一輩子都為搖滾而燃燒的人！

Mr. BIG的四個人不知道有沒有聽明白嚴歡的意思，幾人低笑出聲，隨後一個紮著馬尾的老男人對著嚴歡眨了眨眼睛。

他道：「Little boy, I hope you succeed.」

直到那四個偉大的背影消失在視線中，嚴歡還沒有反應過來。

剛才，他們是跟自己說話了嗎？回應自己了！

嚴歡一陣興奮，不過隨即又冷靜下來。

「John，剛才他說的是什麼意思？」

「……」

「John？」

半晌，老鬼聽不出語氣的聲音才在嚴歡的腦海裡響起。

「嚴歡，我想，回去有必要幫你補習一下英語，嚴格地！」

「哈哈……其實我的英語也沒有那麼不好啊。」嚴歡尷尬道，「最起碼二十六個字母我還是認識的。」

「……」

老鬼似乎已經氣得不想理他了，嚴歡也自知理虧，訕訕地笑幾聲，隨即就站在門口發呆，不知道要做什麼好了。

付聲說要帶他來見識一下外國的一流樂團，如果他的目的就是為了震撼嚴歡的話，那麼他做到了！

嚴歡今天就像是經受了一次五級地震後，又接二連三地迎來了幾次大地震，最後一次則是一場淹沒他的海嘯！今晚，徹底改變了他認識的世界，將小小的井底之蛙嚴歡提到了深井的出口，讓他看見，這個世界的真正模樣。

像Mr. BIG那樣的怪物樂團，這個世上究竟還有多少呢？

嚴歡突然想起了，自己身邊不就是有一個最瞭解上世紀搖滾的傢伙嗎？

「John，剛才的Mr. BIG成員，有你認識的人嗎？」

「不認識。」老鬼淡淡道，「應該是在我離開後出現的新樂團吧。」

嚴歡一時無語，被大家奉為上世紀珍寶級樂團的Mr. BIG，在John眼裡竟然是一支新樂團。嚴歡發現自己好像一直以來都嚴重忽視了一個事實，那就是附在自己身上的這隻老鬼以及他以前所在的那支樂團，究竟是個怎樣的存在？

The Beatles……

或許晚點回去後，自己該好好查一查John的來歷了，總不能一直當一個搖滾史小白吧。

「哈，嚴歡，你怎麼在這？」

啪——！肩膀上挨了一掌，感受著這熟悉的打招呼方式，嚴歡不用回頭也知道是誰來了。

「向寬，還有陽光……」他看著這兩個剛剛才趕到的團員，心裡突然冒出一個壞心眼的主意。

「你們來得太晚了。」嚴歡故作惋惜道。

「什麼！」向寬大驚，「我可是一掛電話就去拉陽光這傢伙了，還是搭了黑車才趕過來的！晚了是什麼意思，難道SID已經走了嗎？」

嚴歡悲壯地點了點頭，向寬見狀立刻發出一聲哀嚎，只有陽光似乎還能保持平常心的樣子。

於是，嚴歡再接再厲道：「其實不只這些，在你們來之前不到一分鐘，有一支樂團剛走。」

「剛走？我看到了幾輛黑色的車，難道就是他們?!不要告訴我，那裡面就是SID！」

「當然不是。」嚴歡道，「不是SID，只是Mr. BIG而已。」

「……」

全場寂靜五秒。

半晌，向寬臉色慘白，顫顫巍巍地問：「Mr. BIG？」

「嗯。」

「貨真價實？」

「童叟無欺。」

向寬似乎已經發不出哀嚎了，看他的表情，像是恨不得殺了自己，怎麼就不快那麼一分鐘呢？

嚴歡側一側頭，見陽光也是難得地露出了驚訝的表情，看來應該也是很惋惜的模樣。

他偷偷樂了，這下總算不是只有自己一個人被震驚得顛覆世界觀了。

嚴歡在某種程度上，獲得了心理平衡。

不過，他開心還沒五秒鐘。

「你們……怎麼來了？」

付聲的聲音從背後傳來的那秒，嚴歡立刻僵住了。

「啊！付聲，你這傢伙，今天有這演出為什麼不告訴我！」

「我又付不起你們的門票。」

「你不是付不起，是不想付吧！」向寬憤憤不平，「我的SID，我的Mr.BIG！」

付聲不再理會他，轉身看向嚴歡。

自己剛才竟然把這大魔王一個人丟在演出廳就自己跑出來了！不行絕對會被報復的！

嚴歡訕訕一笑，結巴道：「我不是故意丟下你不管的，實在是我忘記了，不對，也不是忘了，是……」

「我不問你這個。」付聲看著他，「追上了嗎？」

「什麼？」嚴歡一時沒反應過來。

「我問你，追上他們了沒有？」

「有、有！」

聽見回答，付聲的臉部肌肉產生了一次史無前例的變化與組合，直到半分鐘後，嚴歡才反應過來！

他竟然是在笑！付聲?!

付聲究竟有沒有對他笑過，這已經是個不可考證的問題。

至少有一點可以肯定，就是嚴歡自從認識他以來，就沒有見他笑成這樣過啊。鼻子是鼻子，眼是眼，嘴角勾起的弧度很標準，十分符合普通人認知的一個笑容。

以前，嚴歡頂多見過付聲的冷笑、嘲笑、諷刺的笑、鄙視的笑等等，像今天這樣的，卻還是第一次。他不由得揉了揉眼睛，懷疑是不是自己看錯了。

然後下一秒，付聲又恢復成平常的模樣，再看陽光和向寬，他們兩個好像也沒覺得有什麼異樣，難道真的是他看錯？

「來晚了，人都已經散光了。」向寬興致缺缺道，「還白白浪費了車錢，真不知道是來幹嘛的。」

「也不算浪費。」付聲不知是安慰他，還是另有目的，「進去的話，你至少還可以見見其他人。」

向寬的興致不太高，「哦？比如呢？」

「藍翔。」

「藍……翔?!」向寬的聲音都破了，瞪大了眼睛，「他人在這？不是，現在他不是應該忙著準備音樂節嗎？」

「人就在裡面。」付聲懶得對他解釋，「信不信，你自己進去看。」

「咻」一聲，嚴歡還沒緩過神來呢，向寬就已經不見人影了。

「你呢？」付聲轉向陽光，「要回去嗎？」

陽光明顯有些猶豫，嚴歡這時在一旁攛掇道：「難得大家都一起來了，就待會再走嘛。」

陽光考慮了片刻，點了點頭。

付聲瞥了嚴歡一眼，沒說什麼。

三人又一起進門，不過走在走道上的時候，嚴歡才想起一件事！

這家 Live House 的走道上，可是貼著飛樣當年演出的海報！要是不小心被陽光看見了，觸景傷情怎麼辦？

嚴歡感到了深深的使命感。

陽光疑惑地看著這個非要跑到自己旁邊來的傢伙，「你黏著我幹嘛？」

「沒有，哪有？」嚴歡打哈哈，「明明是這裡太窄，我才被擠到你身邊來了。」

陽光不明白他的前後句有什麼邏輯關聯，無奈地看了嚴歡一眼，只能隨他去了。

最後，嚴歡還是在付聲的威壓下，才正常下來。

「你那麼大驚小怪幹什麼？」付聲白他一眼。

「可是，牆上不是有那個嗎？」嚴歡使了個眼色。

「海報當年是得到樂手本人的許可才貼上去的，並且都知道不會撤下來。」付聲鄙視他，「他要是介意這一點，剛才就不會答應你進來。」

「啊……」

「下回搞清楚再行事，不要再耍白痴。」

「是……」

嚴歡只能又淚奔。

他們三人回到休息室那裡，竟然沒有找到向寬，問了一下，藍翔和老闆許允也都不在。人都跑哪去了？

正奇怪著，只見那邊藍翔走了過來，他還是一貫的墨鏡裝扮，哪怕是在室內都不摘下來。而跟在他身後的那個傢伙，不是向寬是誰？

「我沒想到我竟然有這樣一個忠實的粉絲，而且還是個鼓手。」藍翔一邊走一邊和向寬聊天，兩人竟然還相談甚歡。

「那怎麼可能，您當年那麼、不，您現在也很出名啊，這個圈裡誰不知道您？」向寬道。

藍翔笑了笑，「這不一樣，我聽說鼓手和吉他手一樣都有自己的小圈子，沒想到竟然在鼓手裡也會有我的粉絲。」他笑得很真摯，顯然在嚴歡那裡受挫的自尊心，在向寬這又找了回來，所以兩人越聊越開心，直到走到跟前，才注意到嚴歡他們幾人。

「付聲，嚴歡……」看見最後一個人時，藍翔明顯愣了一下，不過很快又帶上笑容。

「好久不見，陽光。」

陽光對他點了點頭，這個是他招呼熟人時才會用的，沒想到藍翔和陽光竟然還是舊識。

「看起來你過得還不錯。」藍翔繼續敘舊，「雖然早就知道你加入了付聲的隊伍，但是沒想到你會來這裡。」

「嗯。」陽光點了點頭，「團長喊我進來的。」

「團長？」藍翔的目光轉了一圈，最後隨著其他人，一齊把視線停留在嚴歡身上。

這時候，嚴歡已經撐不住，臉漲得通紅。

「有、有什麼問題嗎？」

「沒有。」藍翔對他意味深長地笑，「我早就該想到的，既然是你的話。」

這句話，說了還不如別說，嚴歡更糊塗了。

「人？哪有人?!現在這些傢伙跟瘋了一樣，兩個都走了，一個還在宿醉，我能找誰去？」

「不，不行！要是直接關門，今晚他們非把我這裡拆了不可。」

許允一邊打電話一邊走了過來，看表情和聽他語氣，似乎是又遇上了什麼困難。

「哪有人來頂替？人都……人……」

眼睛一亮，他突然看見了眼前的付聲。那一瞬間，嚴歡敢肯定，就像是信徒看見了上帝、妓女看見了鈔票，許允整個眼睛「刷」地亮了！

「付聲！你來得正好，我們那邊還缺一個吉他手……」

「等等！」嚴歡突然擋在他們中間，「你想要拉我們吉他手去哪？」

他的重音，加重在「我們」這兩個字上。

許允沒反應過來，倒是藍翔在一旁默默地笑了，付聲還沒有發表意見。

「借來一用，頂個場如何？」許允不想拖延時間，直白道，「外面那一票樂迷都正在興頭上，我們這裡卻沒一支上得了臺的樂團，鎮不住場面啊。」

「那你拉付聲過去，是想要讓他再和那個什麼ＫＧ樂團合作，迎合樂迷？」

許允連連點頭。

「就幾分鐘，幫一下忙，以後肯定給你們人手一張會員卡，怎樣？」

「幾分鐘？」

「嗯！」

「借付聲？」

「嗯嗯！」

「不行。」

「嗯，啊？」許允哭笑不得，「你別開玩笑，現在可正是著急的時候。」

「我沒有開玩笑。」嚴歡回答他，「付聲明明是我們樂團的主奏吉他，卻總是被外借，你讓我們怎麼想？」

他又道：「而既然我是這支樂團的團長，那我就有權適當約束團員的行為。像付聲，我可以要求他在團期間，禁止替別的隊伍串場。畢竟我們自己都還沒有正式演出過，在樂迷眼裡卻留下了付聲和別的樂團精彩合作的印象，這不合適吧？」

許允為難地看向付聲，可出奇的是，付聲一點反應都沒有，竟就由著嚴歡說下去。

「當然，許哥你這麼為難，我們也不會見死不救。」

什麼見死不救？這小子。許允哭笑不得，「你想怎麼做，說吧。」

這回，輪到嚴歡的眼睛亮了，一閃一閃地堪比最大功率的燈泡。

「許哥，你仔細看看，有沒有發現什麼？」

「什麼？」許允不耐地四處打量，然後愣住。顯然他看見陽光了，這位也是老熟人。

「吉他手，貝斯手，鼓手，還有主唱。這裡明明就有一支完整的樂團，許哥你為什麼還要捨近求遠呢？」嚴歡笑咪咪道，「不如就這樣，悼亡者樂團的初次正式演出，就在你們這，如何？」

「……」許允還沒有反應過來。

嚴歡再接再厲。

「獨立音樂界冉冉升起的新星、鬼才吉他手，付聲。」

付聲一動也不動。

「歷經千難萬險、剛剛復出的傳說級貝斯手，陽光。」

陽光翻了個白眼。

「還有我們最吃苦耐勞、細心體貼的鼓手，向寬。」

向寬抗議：「喂喂，為什麼只有我不介紹技術啊?!」

「——還有，擔當這支樂團的團長、主唱兼節奏吉他的我。」嚴歡問，「有這樣一支樂團來幫你鎮場，許哥，你還有什麼不滿嗎？」

「……」

許允已經說不出話來了。

不僅是被這支樂團的陣容鎮住了，還有嚴歡那張厚臉皮。

沙崖，十八歲，和大多數這個年紀的年輕人一樣，躁動、不安、不服從管教，蠢蠢欲動地想要做些什麼來證明自己。

在這種衝動下，人經常會做出一些傻事。他和小混混們一起攔路搶劫學生，戲弄附近學校的女孩，甚至越演越烈地想做些更惡質的事。似乎在欺壓弱者的過程中，他才能借此證明自己的存在和價值。

如果繼續按照這個路線發展下去，很快，少管所裡又要入住一名新人了。

而值得慶幸的是，沙崖還沒來得及做傻事，就被他們團長明斐撿回樂團了。從此以後，這隻躁動不已的年輕人總算是被套上了枷鎖，沒有再去街上欺負弱小，而是一頭鑽進搖滾的世界裡。

明斐說他在吉他上有天賦，他就洋洋得意，然後更加沉迷進去。明斐說要組個樂團，沙崖第一個回應，並像隻獵犬一樣四處搜索團員。在沙崖的眼裡，世上分兩種人——明斐，明斐以外的人。

不過這個情況，似乎在近來被打破了。他遇到了一個特別的傢伙，明明和他一樣大，卻總是被明斐特殊對待、另眼相看的人。

嚴歡那小子，究竟有什麼本事？

好吧，他有一支不錯的樂團，不過那大多是沾了付聲的光吧。再說，就算他有一副好歌喉又怎樣，最起碼在吉他方面，自己可是被明斐認證過的天才，他能和自己比？

對於嚴歡，沙崖心裡升起了一種連他自己都沒有注意到的心情。一般來說，我們可以稱之為競爭心理，不一般地說，這就是天生的不對盤，冤家死對頭，命中註定的相殺。

當然，這都是沙崖一頭熱。嚴歡這個記性不好的人，說不定至今連他的名字都沒記住呢。

「阿明，我們還要待到什麼時候，不能回去嗎？」

心情不好的時候，沙崖就喜歡對明斐沒大沒小。

明斐笑了笑，對他道：「不，留下來，應該還會有好戲看。」

周圍的樂迷也在躁動，他們似乎不滿意今晚的演出就此結束，如果是在演唱會上的話，現在就應該是安可時間了。不過對於粗魯直接的搖滾樂迷們來說，他們豎著中指，直接喊：

「我們要下一首！」

似乎被勾引出了情緒，樂迷們不打算就此退去。本來，許允也對此早有準備，是打算讓來自歐洲的樂團KG再次出場的。可是誰知道KG的主吉他手不僅水土不服，他還宿醉！要不是有付聲客串，他們連預定好的表演都無法進行。

喊了很久，臺上都沒有反應，樂迷們有些不耐煩了，有些理智的人準備著離開，不理智的傢伙們，那就不堪設想了。

啪——！

舞臺的燈光再次暗下來，不僅如此，整間演出廳的燈全都熄滅了，沒有一處光源。

樂迷們沒有驚訝，而是大聲歡呼起來！因為他們知道，這是有戲了！

「怎麼回事，是有哪支樂團返場了嗎？」沙崖困惑著，看向舞臺。

「是啊，究竟會是哪支呢？」明斐微笑。

舞臺上的燈光遲遲沒有再亮起，但是僅憑微弱光線能見到的景物，還是能看見有人走上了舞臺。

下一輪的演出即將開始了！樂迷們如此期待著，歡呼震天。

在一旁的舞臺後方，許允嘆息一口氣。

「我是不是做了件傻事？」他自言自語地問。

「說不定。」藍翔在他身後笑道，「不過也有可能，今天你的決定是一個開始。」

一個傳奇的開始，見證新歷史的開始。

「怎麼回事？這個時候還不亮燈嗎？」

樂迷們看到樂手都已經上了臺，舞臺的燈光卻遲遲不亮起，這是在搞什麼？

正當他們懷疑的時候，前奏的吉他毫無預兆地響起。

令人毛骨悚然，像是要一刀戳進心臟的旋律，節奏的掌控、情感的渲染，以及無人能及的控制力。吉他在他手中就像一個聽話溫婉的戀人，願意為他奏鳴出任何音調。

「聽他的吉他，不管幾次，還是不得不感嘆啊。」許允唏噓道。

付聲的吉他有非常鮮明的特點，就像是在人群中一眼就能看見的一個人，在無數種旋律中也一定能發現只屬於他的吉他。這是一位恐怖的吉他手，因為他可以用手中的吉他製造出迷惑任何人的旋律。

而這一次，他彈奏的是什麼曲子呢？

聽出是付聲的吉他的人不在少數，稍微有些瞭解的人都在第一時間發覺了。

沙崖皺眉，「又是他，難道是ＫＧ樂團返場嗎？」

「那可不一定。」明斐意有所指道，「難道你忘了，付聲原本是屬於哪一支樂團嗎？」

「哎？」

在明斐再次出聲前，答案已經出來了。因為沙崖接著聽到的是一個他十分熟悉的聲音，只聽過一次，就被他牢牢記住的——嚴歡的聲音。

「**我總在做一個夢**。」

一個無法實現，難以捉摸，卻永遠無法放棄的夢。

黑暗中，無法看到臺上樂手的身形，這也讓歌聲更加凸顯出來。無論是那囂張奪神的吉他、沉穩的鼓點、幽魂般時隱時現勾人心弦的貝斯，還是，那個屬於年輕人的沙啞聲線。

在這一夜，一支新樂團的歌聲及樂聲，傳進了人們耳中。

分毫不差地，他們將屬於自己的聲音傳遞到世人耳裡——悼亡者樂團！

他們演奏的第一首歌《奔跑》，這是屬於嚴歡自己的、帶有他印記的歌曲。

這一刻，他才真正地踏上這條路，這條——長而無盡的路。

一個普通的夜晚，工作的人們回家歇下，屬於遊樂者的夜生活也才剛剛開始。這個世界上的每個角落都在發生著大事或小事，死亡或者新的生命。沒有多少人注意到，在某座城市不起眼的角落。一支猶如破殼雛鳥般的樂團，剛剛發出了初啼。

世界從此多了一道歌聲。

「還發什麼呆，回去了。」

肩上傳來了一道大力，將沙崖從失神中喚醒。他抬起頭，這才發現演出不知什麼時候結束了。臺上的樂手已經散去，臺下的樂迷也所剩無幾。

「阿明！剛剛那個是——！」

明斐伸出手，輕輕靠在沙崖的嘴前。

「噓，我知道。」看著沙崖眼中的不甘與沮喪，他輕輕道：「他們已經開始了，沙崖。那我們還等什麼呢？回去吧。」

回去，他們也有屬於自己的開始。

在這世上，下一分，下一秒，又會有哪一支樂團開始屬於自己的傳奇，踏出他們的第一步？

誰都，無法預料。

目前僅知的是，在三支一流樂團演出過後的舞臺，同一個地方，同一段時間，嚴歡他們上路了。

「我說過，這是一個開始。」

藍翔從靠著的牆上站起身，對著許允笑一笑。

「他們的表現超出了我的預料，你認為呢？」

「誰知道。」許允撇撇嘴，四處看了一眼，「話說，那幾個傢伙跑哪去了？」

剛結束初登臺，嚴歡他們卻似乎不見了。

「呼、呼呼——啊！」

黑夜中，幾道人影飛快地狂奔著，像是瘋了一樣奔跑，不顧偶爾經過的路人驚訝的注目，在大街小巷間穿梭著。

直到最後精疲力盡，才在某個轉角停了下來。

「我快、喘、喘不過氣了。」

因為奔跑時用嘴呼吸，現在喉嚨嘶啞疼痛，嚴歡一邊咳嗽著，一邊道：「水，水……」

這幾個剛剛結束瘋子一般奔跑的傢伙，正是悼亡者的四位成員。

帶頭的是嚴歡，湊熱鬧的是向寬，在一旁打醬油的是付聲和陽光。

剛剛結束表演的那一刻，從舞臺下來的時候，所有人都看到原本一直愣在原地的嚴歡像是突然發瘋一樣跑出後臺、跑出Live House，到大路上狂奔起來。付聲他們原本是擔心他所以才跟在後面，可是到了後來，不知不覺間也跟著跑了起來。尤其是向寬，和嚴歡兩個一起大呼小叫，不知吵醒了多少個半夜睡得正香的居民。

要不是最後跑累了，嚴歡還不知道要在這座城市裡鑽多久。說起來，連他自己都不知道為什麼突然像是發神經一樣狂奔，只是覺得……

嗯？有什麼冰涼的東西貼著額頭，嚴歡抬起頭一看，視線內看到一個瓶底，瓶子裡的水微微晃動著，誘惑著一個乾渴的人。

嚴歡連說聲謝都來不及，一把接過水大口大口地牛飲起來。半瓶水下肚後，他才抬起頭，見到不遠處付聲也拿著一瓶水慢慢喝著。

在他旁邊，向寬靠著電線杆喘氣，陽光點起菸，有一口沒一口地吸著。莫名地，嚴歡覺得有些內疚。

「抱歉，我剛剛突然就跑了出來。」

付聲跟沒有聽見似的，對著礦泉水瓶子一直看。

向寬哈哈一笑，「我知道，我理解你！就是那種感覺，是吧？」他對著嚴歡眨了眨眼。

這讓嚴歡回想起之前在臺上和他們一起表演時的感覺，其實在黑暗中，不僅是臺下觀眾的臉，就連周圍伙伴們的表情他都是看不清的。

但是那一刻，像是有一條看不見的繩索將他們聯繫起來。

付聲的吉他，陽光的貝斯，還有向寬的鼓聲。即使身邊的這些伙伴們沒有說話，但是嚴歡卻感覺到他們用手中心愛的樂器，與自己共同在舞臺上奮鬥著。

奮鬥，似乎就應該用這樣的詞。那種感覺就像是在不見天日的泥沼中掙扎著前進，而踏出每一步，你都能感覺到身邊的伙伴的存在。

他們無需言語，音樂就是最好的紐帶，在每一道節奏中，將四個人緊緊繫在一起。

而嚴歡始終不知道，為什麼自己會在結束表演之後就突然瘋狂地跑出來。明明在臺上時他還很冷靜，似乎不覺得有什麼大不了的。

只是現在回想起來，那種掌控舞臺的感覺，掌握著臺下樂迷們的每一份呼吸，與付聲他們的心心相繫。就像是無聲的潮水一樣，漸漸將他淹沒，讓他不能呼吸。那是一種精神沸騰的感覺，好像下一刻就要自燃起來。

嚴歡此時明白了，自己不是冷靜，那團無色的火焰一直在心中燃燒著。為了這與伙伴們的第一次演出，也意味著他們踏上這條路的第一步。

再也不能後退了，再也不用回頭去看！

此時已經是半夜，街上除了二十四小時便利商店還開著，其他店都關門了。四人剛剛從許允那裡沒說一聲就跑出來，此時也不好意思再回去。

幾人商量了一下，就在超商裡買了泡麵，坐在那裡吃了起來。

今晚值班的是個瘦小的小伙子，看見四個青壯年猛地鑽進店裡狼吞虎嚥地吃著泡麵，他十分擔心這幾個像是強盜一樣的傢伙，會不會突然就動起手來。而渾然不知自己被看成強盜的嚴歡幾人，都像餓了十幾年一樣吃著麵。

「唔，這是我吃過的、最好吃的一頓泡麵。」

向寬一邊吸麵一邊發表意見。

「那是因為你餓到了。」嚴歡道。

天天吃泡麵，最有發言權的陽光點了點頭，「有時候心理因素的確會對味覺產生一定的影響。」

他剛說完，就見其他幾人都停下不吃，看著自己。

陽光皺眉，「幹嘛盯著我？」

「沒有。」嚴歡失笑，「只是沒想到你也會這樣一本正經地說這種話題。因為陽光平時就不怎麼說話，和我們聊天也都只是說些與樂團有關的事情，像是這樣閒聊好像還是第一次呢。」

第一次？陽光詫異，他想自己什麼時候給人留下這種嚴謹死板的感覺了？

他不是一直都這樣想說什麼就說什麼的嗎？記得以前還被人嫌棄過毒舌。陽光突然愣住了，他這才想起自己回想起的以前，似乎已經是兩三年前的事情了。而現在……

見陽光突然不說話，嚴歡以為自己說錯了什麼，連忙道：「其、其實這樣很好啊，大家都是伙伴，就應該多多交流嘛。什麼生活中的煩惱啊，感情上的挫折啊，有什麼麻煩都可以找我們來談的……呃……」

嚴歡越說越覺得自己嘴笨，這種照本宣科的說法，連他自己聽了都覺得很沒有說服力。真是，太丟臉了。

腦袋上突然被輕輕敲了一下，付聲吃著泡麵，沒有看他。

「閉嘴，吃麵。」

嚴歡鬱悶得很，只能像是松鼠一樣將泡麵全塞進嘴裡，臉頰一鼓一鼓地嚼著，時不時還哀怨地看付聲一眼。

陽光看著這幅情景，一掃之前的鬱悶，輕聲笑了出來。這還是他遇到嚴歡以後，第一次像這樣發自心底地笑。

嚴歡其實很驚訝，只是鑒於剛才付聲的威懾，只能悄悄地和向寬一起圍觀起陽光的笑容。

不過陽光的笑臉只存在了兩三秒，很快就恢復成平時的模樣。

可惜啊，嚴歡心裡感嘆著，要是陽光平日裡多這樣笑笑，一定會和他的名字很相襯。

四人吃完泡麵，就開始了另一個嚴肅的話題。悼亡者樂團這是算正式在地下搖滾界出場了，接下來要怎麼發展，還是需要一步步計畫的。

嚴歡只能旁聽，在一邊聽著三個經驗豐富的人討論。

最後，還是由付聲出來總結。

悼亡者樂團要發展，必須要完成以下三點：

一、確保固定的演出場次，以打響自己的名氣。

二、樂團屬於自己的歌還很少，每個人都要為此出一份力。

三、儘快將嚴歡的吉他技巧提升上來，比起大家的平均水準，嚴歡的吉他實在是……不說了。

對於最後一點，嚴歡表示很無辜。他也想提升，可是前幾天光被拉著專門練習怎樣成為一個好主唱了嘛，這一不留神，吉他就耽誤下來了。

在店裡值班小弟哀怨的眼神下，這四個人一直坐到天濛濛亮才離開，總算送走這四座大佛的店員這才鬆了一口氣。

而走到外面，看著東邊剛剛泛白的天空，嚴歡突然詩興大發，對著朝陽高歌道：**「看！我們就像那初升的朝陽，普照著這黑暗的大地！啊！太陽！」**

他即興表演完，轉過頭去看三個團員的反應。

向寬臉色古怪，表情扭曲，在拚命地忍耐笑意。

付聲很直接，一個字：「俗。」

嚴歡只能可憐巴巴地望著最後一個人，陽光。

「你寫詩的天賦……」陽光說。

嚴歡滿懷期待地等待著。

「和你吉他的天賦不相上下。」

嚴歡捂著心口，覺得那裡被刺痛了一下下。他不敢置信地看著陽光，但是陽光表情正常，似乎只是在說一件再普通不過的事。

陽光從不開玩笑，嚴歡不由得反思，難道自己真的沒有成為一名詩人的天賦？不，不對，難道自己的吉他真的那麼糟糕？

寫詩和彈吉他，究竟他在哪一方面才更悲慘？似乎無論是哪個更悲慘，他都很悲劇。

看著陷入糾結的嚴歡，陽光在無人注意的時候，不經意地勾起唇角。

天色全亮起來的時候，悼亡者樂團的四個人在車站買了回小城的票。四個人坐著火車，又搖搖晃晃地回去了。

車起動了，他們離開了這座帶來變化的城市，離開了這精彩的一夜。

「啊！那四個傢伙究竟跑哪裡去了！」

在某個被遺忘的角落，許允還在獨自煩惱著，而嚴歡幾人則徹底忘記他們沒打招呼就跑走了。

不過，相信許允很快會再次遇見他們，遇見悼亡者樂團。

——在更大的舞臺上。

# 03

## #Pray it out

## 讓你認可

回到小城的幾天後，嚴歡除了定時回學校上課、保持出勤率以免被退學外，就是和付聲他們一起練習。

似乎是下定決心要提升嚴歡的吉他實力，付聲最近一直用斯巴達式的方法嚴格督促他練習，就在這一天天緊迫而又充實的日子中，不知不覺大半個月過去了。

時間已近初夏，這幾天，嚴歡正在為晚上的演出做準備，突然就收到一個消息。

聽到消息的時候，他手裡的吉他差點掉到地上，要不是付聲眼疾手快地接著，這把吉他可就遭殃了。不過嚴歡此時完全沒有心思注意到這點，他不敢置信地瞪大眼看著付聲。

「你你你、你剛才說什麼？」

「你父親打了電話給我。」付聲道，「你母親剛剛在醫院裡順利產下一個男孩，也就是說，你有了一個弟弟。」

「弟、弟弟？」嚴歡呢喃，似乎還沒有回過魂，「我媽生了？我有弟弟了？」

一個與他緊密相連的生命，降生到這世上。從此以後，無論願意與不願意，他都與這小小的生命有了不可分割的連繫。

因為他們是血脈相連的家人。

「我媽、我媽媽她在哪間醫院？」嚴歡很快就反應過來。

付聲報了個醫院的名字，嚴歡當即就要往外衝，可是還沒走幾步就被人抓住。

看著被自己抓住的嚴歡一臉不滿的表情，付聲無奈地嘆了口氣，「兩個小時後我們還有一場重要的演出，你還記得嗎？」

「我當然記得！但是我媽生了個弟弟，不對，是我媽生了個弟弟給我，我當然要去看他們了！」嚴歡激烈地反駁道，「無論你怎麼阻止，我都是要去的！」

他已經做好了接受付聲怒火的準備了。

「我有說要阻止你嗎？」

「啊？」

付聲白了他一眼，「去探望你母親，和晚上的表演並不衝突。」

「那、那你剛剛……」

「不衝突的前提是要精確安排好時間。」付聲將嚴歡的吉他收好丟給他，也拿起了自己的，「所以我決定送你過去，等你探望結束後，直接去演出場。」

嚴歡這才明白過來自己是誤會付聲了，其實他並不總是這麼嚴格，有時候也是很會體恤下屬的嘛。

不，不對，自己什麼時候是他下屬了？明明我才是團長！嚴歡一邊拍著自己腦門，一邊被付聲拽著離開。

等他們趕到嚴歡母親的病房時，已經是半個小時後的事了。

原本嚴歡站在病房門口還有些猶猶豫豫的，但是後面看不過去的付聲推了他一把，不設防的嚴歡一個踉蹌就進了病房。他這一衝，房內所有人都向門口看了過來。

有其他幾床的產婦，還有她們的家屬，嚴母就躺在中間那張床上，氣色看起來還不錯。

「我……」嚴歡的臉漲得通紅，「我來看妳了，媽。」他說完這一句，似乎是不知道該說些什麼，連忙將手上的補品和水果放到床頭櫃上。

「剛剛生完弟弟，媽媽多吃些補補吧。對、對了，身體最重要，補好了才可以再生……」

嚴歡差點想打自己一巴掌，這都在說些什麼呢！

「哈哈哈，孫姐，這就是妳家大兒子？看起來很活潑啊。」

同一間病房的人們笑出聲來，顯然是被語無倫次的嚴歡逗樂了。

「有兩個兒子，孫姐和老嚴還真是有福氣！」

無論周圍的人怎麼說，嚴歡都無法放鬆下來。因為這還是那次他連夜跑出家門後，第一次來見母親。雖然關於搖滾的事情已經和家裡說開了，但是媽媽會怎麼看他呢？

媽媽現在是不是還在生氣？自己是不是不該來呢？

「歡歡，過來。」

就在嚴歡躊躇時，躺在病床上的嚴母對他招了招手。

嚴歡小心翼翼地走了過去，乖乖地站在床前。

嚴媽媽看著他，半晌嘆了口氣。

「你瘦了。」

「沒、沒有！我是變結實了，以前都是肥肉。」嚴歡說著，鼓起自己的手臂，想展示肌肉。

「最近有好好吃飯嗎？」

「嗯，有，每天都吃到撐。」嚴歡連連點頭，因為練習太累了，所以每頓都吃得跟難民一樣，食量也大增。

嚴媽媽看著站在他身後的付聲，對他點了點頭，付聲客氣地回禮。

「住在別人家那裡叨擾，你沒有給付聲添麻煩吧？有沒有好好幫忙？」說著，她又看向付聲，「我家兒子腦子不聰明，也執拗，一定給你添了不少麻煩吧。如果有，你就直接打他教訓他，不要給我們留面子，這個小子就是個不打不聽話的。」

嚴歡聞言，連忙叫苦。

「媽，我很乖的。」

「嚴歡很好。」出乎意料的，付聲竟然也幫他說話，「他很好，沒有給我添太多麻煩，最近也很有長進，幫了不少忙。」

嚴媽媽仔細看付聲說話時的臉色，見他不像在敷衍自己，才悄悄鬆了口氣。

「我家笨兒子，真是麻煩你照顧了。」

「沒有什麼。」

聽著付聲和老媽一句一句的對話，嚴歡覺得自己完全被忽視了。不過在兩人的談話過程中，他也悄悄地打量著媽媽的臉色，雖然有些虛弱，但是還是很健康的，看起來身體並沒有什麼大礙。這讓嚴歡鬆了口氣，畢竟他知道自己老媽也是高齡產婦了，生產時還是很危險。

話說回來，自那次不歡而散後，嚴歡這是第一次見到自己母親。時間隔了這麼久，以前很多被他忽視的感情瞬間又湧上心頭。他看著自己母親眼角的皺紋，看著她不再年輕的容貌，聽著她用關心的語氣向付聲詢問自己最近的情況。

眼中一股熱意突然湧了上來，嚴歡連忙趁人不注意時擦了擦眼角，不然被人看見自己這麼大還哭鼻子，實在太丟臉了。

兩個多月前，他還看誰都不順眼，滿心哀怨憤懣，認為周圍沒有人瞭解他，學校裡沒有人懂他，連父母都不是真的關心自己。他和父母吵架冷戰，覺得他們不再愛自己，覺得他們一旦有了另一個孩子就會立刻忘記自己。

然而現在，嚴歡只覺得那時候的自己是多麼的無聊可笑，只是一廂情願地沉浸在一種自我厭惡和自我放逐的心情中，對於周圍的一切都抗拒著不予接受。其實那時候的他很茫然，不知道該做什麼，不知道未來該走向哪。

直到現在，嚴歡才想明白了一點，或許父母的確是對他失望了，但是他們始終是愛著他的。不愛的話，當時父親就不會同意付聲的意見，放他堅持自己的選擇。不愛的話，母親就不會對付聲囑咐這麼多，對自己噓寒問暖。

不愛的話，他們當初就不會對嚴歡失望，也不會最終放嚴歡去追逐他自己的夢想。只是當時的嚴歡和他的父母，都不能好好交流，只能讓彼此之間的溝壑越來越大。

而兩個月後，時間讓他們都冷靜了下來，也讓嚴歡不再那麼激動，他可以更清楚地看待自己以及周圍的一切。

嚴歡突然想起那個剛出生的弟弟，不知為何，此時很想去見他一面。

「媽，我爸和弟弟呢？怎麼不在這裡？」

他剛一問完，嚴媽媽愣住了，隨即好笑地看著他。

「剛剛出生的寶寶當然是不能隨便和外界接觸，他們在醫院裡有專門看護的嬰兒室，你爸爸正在那裡看著弟弟呢。」

「哦，原來是這樣。」嚴歡紅了臉，「那我想……」

「很遺憾，今天可能沒有時間了。」付聲打斷他，「我們只剩下半個小時。」

「半個小時？」嚴媽媽疑問。

「我和嚴歡的樂團今天晚上有演出，要儘快趕過去。很抱歉伯母，但我們不得不走了。」

「演出……啊，是工作啊。」聽見付聲這麼說，嚴媽媽也點頭表示理解，「既然是重要的工作，當然不能耽誤。」

「可是，媽……」

「要見你弟弟的話，以後有得是時間。不能因為自己而耽誤了大家的工作，明白嗎？」

聽見母親嚴厲的訓斥，嚴歡只能無奈地點了點頭。

「那麼，伯母，我們先告辭了。」

「嗯。」嚴媽媽點頭，臨走前還不忘囑咐嚴歡要好好工作，不要扯後腿。

嚴歡依依不捨地離開了病房，出門前，聽到房裡的其他產婦和家屬在好奇地詢問。

「孫姐，妳兒子這麼年輕就工作了？在哪工作呢？」

「哎，我看他背上背著的是吉他吧，難道是玩音樂的？」

「呵呵，只是組了支樂團小打小鬧。」

「真是玩音樂的啊！這麼厲害，小小年紀的很有主見啊。」

「他們也只是剛剛開始而已。」嚴媽媽帶著謙虛和一些些驕傲的聲音遠遠傳來，「不過說起來，歡歡真的很喜歡這些，以前還因為這個和我們鬧過脾氣呢。」

「這年頭有幹勁才是好事嘛，孫姐妳兒子以後要是成了大明星，不要忘記幫我們簽名啊，哈哈。」

「瞧你們說的……」

身後的談話聲漸遠去，嚴歡愣愣地走著，一直走到醫院大門口，突然抬起頭看著付聲。

「你說，我媽她是不是不生我的氣了？」

付聲伸手攔計程車。

「誰知道呢。」

「她是不是有一點點支持我玩搖滾了？」

「也許吧。」

「我媽剛剛好像還挺以我為傲的，以前可不是這樣啊……」

「你以前不也是連吉他都彈不好？」付聲道，「現在連你都能當上吉他手了，世上還有什麼事不可能？人是會變的。」

「聽起來似乎有些道理。」嚴歡點點頭認可，又興奮道：「付聲！那你說我什麼時候才能像那些明星歌星一樣，讓我媽也驕傲一回？」

一直被他打擾，攔車不是很順利的付聲回過頭來，陰陰地開口：「我只知道，如果二十分鐘內再不趕過去的話，我保證你連明星的腳都摸不著。」

「呃，我、我也來幫忙喊車！」

即使背後頂著付聲的冰冷視線，嚴歡仍然難掩興奮。這段時間以來，他雖然熱衷於搖滾，並願意永遠沉醉其中，但是心底的最深處卻一直都有一塊是寂寞的。

父親當日在咖啡館前離開的背影，以及自己跑出家的那一晚，總是徘徊在他腦內無法消散。

嚴歡拚命地做著一切，對付聲的嚴格作風雖然不滿卻從不拒絕。他努力提升自己，就是為了有朝一日能讓父母認同。

我也是可以的，我也是有著自己想要做的事情，並能夠成功的！

而現在，雖然離成功還有很遠，但是嚴歡的心裡已經不那麼寂寞了。他終於明白，其實自己根本不需要去證明些什麼，因為父母始終站在他身邊。

「付聲，你說晚上的演出我們能做好嗎？」

「你認為呢？」

「能！不僅要做好，一定要做到最好，讓所有人都記住我們。」

付聲看著眼前的小鬼，露出一個自信又自傲的笑容。

「那當然。」

早晚有一天，不僅是這座城市裡的人和地下搖滾界，他會讓整個世界都認可他們，記住他們！

陸佑飛耳朵裡塞著耳機，拿著掃帚準備掃地。

「喂，呆飛！今天的值日生你一個人能搞定吧！」

教室門口，幾個抱著籃球的男生嘻嘻哈哈地笑著，其中一個是今天和陸佑飛同組當值日生的男生，不過看樣子他並沒有留下來打掃的打算。

「你跟那小子說什麼呢？他屁都不會放一個。」

「悶得像死人，理他幹嘛？」

「哈哈，也是，這小子也不敢怎樣，走，去操場上打幾場。」

幾個男生相攜著走遠，笑鬧聲也跟著遠去。

陸佑飛低著頭掃地，從頭至尾都沒有吭一聲。

耳機的線從他的背包裡延伸出來，在空中一晃一晃。

下午六點半，一個人打掃完教室，陸佑飛離開學校。這時候操場上還有不少人，打籃球的、談戀愛的、花痴的，但這些和他一點關係都沒有，他頭也不回地離開學校大門。

走到街頭左拐，有一家煎餅店，陸佑飛花了二十五元解決了晚飯的問題。然後背著書包，沉默地走著——在別人眼裡看來是這樣。

其實在他心裡，有著另一個世界。

音樂的聲音從耳機裡隱隱傳了出來，音量開得很大，節奏激烈激昂，但是外面的世界依舊平靜無波。就如同陸佑飛默默地走在路上，耳朵裡聽的卻是搖滾樂。沒人知道他喜歡搖滾，包括他的父母。

晚上七點，陸佑飛來到一家超市，把書包和校服都寄存在裡面，然後從超市後門出來，再拐進一條小巷。他停在一扇不起眼的小門前，拿出鑰匙開門。走了幾步，進了員工更衣室。

五分鐘後，一個穿著黑色印花骷髏T恤、手上戴著一圈圈金屬環的年輕人從更衣室走了出來。任誰看到，都不會把他和之前規規矩矩沉默寡言的陸佑飛連繫起來。這時候，有其他路過的人來打招呼。

「呦，阿飛！來得這麼早啊！」

「早點來上工啊。」阿飛露出一口白牙，耳機裡的聲音還「砰砰鏘鏘」地傳出。

「今天聽的是什麼歌？」對方走過來一把拉過阿飛的耳機，塞到自己的耳朵裡。

壓抑低沉的音樂，從耳機中傳來。

**「我早已明白，註定會走向末路，我也已明白，已沒有回頭的路……」**

「夜叉的《末路》，不錯！有品味！」

對方在阿飛胸口用力捶了一拳，「老子我也喜歡這首，特別有FU！」

「是啊。」阿飛咧開嘴笑笑，心裡道，這首歌就像是在說他自己，怎麼會不喜歡。

「對了，今天的場比較大，你早點去前面準備吧。特別讓你做前場哦，可以看到樂團的表演。」

聽見他這麼說，阿飛興奮起來。

「今天有哪些樂團？」

「森林木、黃泉、放你一馬，嗯，還有悼亡者。」

前面幾個樂團都很有名氣，特別是森林木，但是聽見最後一個，阿飛愣住了。

「悼亡者，我怎麼沒聽說過？」

「你當然沒聽說過，這是新成立的一支樂團！」

阿飛皺眉，「可我們不是不接新樂團的表演的嗎？」

「誰知道呢？不過我聽說，這支樂團有人和老闆認識，也許是托關係的吧。」

對方比了個手勢，「不過到底怎樣，等等上臺遛遛就知道了。走囉，我先去準備了！」

「嗯！」

直到走到前場開始整理備場，阿飛心裡也還是有點在意那支悼亡者樂團。對方真的是托關係走後門進來的嗎？原來搖滾世界也會有這種幕後交易和陰暗面嗎？

想起平日裡在學校的遭遇，阿飛心裡莫名地對這支樂團有了一絲反感。

七點半，客人陸陸續續進場，販賣部那裡缺人手，阿飛被臨時抽調了過去。不過他並不太情願，因為在這裡就看不到舞臺上的演出了。阿飛之所以選在這裡打工，就是為了免費蹭表演看。不過經常是一個禮拜下來，只有一兩天能進前場看演出。

因為今天有喜歡的樂團，所以阿飛心裡更焦急了。八點以後，演出已經開始。

聽著場內隱隱傳來的音樂聲，還有人們大喊大叫的喧嘩，阿飛站在販賣部那裡有些不耐煩了，不時踮著腳尖，想要向場內看去。

森林木應該上場了吧？他們今天會唱什麼歌？還有黃泉樂團，自己最喜歡他們的貝斯手了，竟然不能進去看。阿飛扼腕嘆息。

他的心情有些煩躁。在學校裡被人無視、被排擠，他都無所謂。因為那群人其實他從不看在眼裡，阿飛知道，那些人生來就和自己不是同類。

他每天唯一的樂趣，就是在這家表演酒吧打工的時候，和那些樂迷交流、近距離接觸樂手，都讓他感到無比快樂。

可是最近，家裡開始懷疑他為什麼總是晚歸，升上高三後考試壓力又大，阿飛漸漸地感覺不到搖滾帶來的樂趣了。他覺得自己像是被沉在水底，感覺就快要窒息！而頭頂唯一投下來的光亮，都開始變得黯淡了！這樣下去，遲早會憋死！

他的末路，已經近在眼前了！

「唉……」

「唉、唉——！」

阿飛一愣，這才反應過來剛才不是自己在嘆氣。他扭頭一看，只見販賣部前站著一個和自己差不多大的男生，看著一堆零食和酒飲，愁眉苦臉的。

心情再不好，工作也是要做的。

阿飛問：「要買什麼嗎？」

「我不知道。」那男生皺眉道，「你說是巧克力口味的好，還是草莓的好？

其實我覺得草莓的會不會太甜了，巧克力的有點膩，糾結……」

阿飛一頭黑線，看見這男生手裡拿著幾盒Pocky，猶豫著要選哪盒！自己在為人生和未來煩惱的時候，竟然有人在糾結這種小事！阿飛已經不知道是該氣還是笑了，真是不同命啊。

他從櫃檯裡拿出一盒，「牛奶口味的比較香，也不會很甜，可以試一試。」

「牛奶是小孩子吃的。」

阿飛忍著青筋，道：「沒有誰這麼規定，而且牛奶口味真的不錯，你可以試試。」

「呃……」

那個男生沒有立刻做出選擇，還是在猶豫。

「選哪個呢？」

煩死了！

就在阿飛快要忍不住的時候，對方終於做出決定。

「這樣好了！巧克力、牛奶、草莓！都來一盒吧！」

接著對方遞過來的錢，阿飛幾乎要吐血。你早決定每樣都買，還糾結這麼久幹嘛！

客戶是上帝，客戶是上帝。在心裡默念一百遍，阿飛保持笑容，將零錢找了回去。

送完這個難纏的客人後，時間已經九點半了，這時才終於有人來跟阿飛換班。換人後，阿飛飛也似地向場內奔去！來不及了，不知道還能看到幾場表演！

他鑽進內場的時候，剛好結束一場演奏，阿飛逮到身邊一個人問。

「下一個是哪支樂團？森林木上了沒有？」

「哈，兄弟你來晚了。森林木早就結束了，現在就只剩下悼亡者還沒有表演。」

阿飛有些懊惱，但是有得聽總是比沒有好，他站在原地，興致缺缺地想著，就聽這支新樂團的演出，打發打發時間算了。

開場和以往一樣，先是打暗燈光襯托氣氛，幾位樂手在黑暗中登臺。一般來說，樂團裡吉他手和主唱都站在比較顯眼的位置，鼓手則被擋在最後。

這支樂團……怎麼讓貝斯手也站得那麼顯眼？

阿飛正想評價些什麼，一連串的鼓點率先敲響，每一擊每一下都不輕不重，不快不慢，正好敲在點上！

不錯啊，最起碼這個鼓手還是有本事的。這時候，阿飛還有餘力去評價。

可當吉他聲隨之響起的時候，他瞪大雙眼，啞口無言。

如轟鳴一般的吉他，完全吸走所有人的靈魂！而貝斯手在此時輕輕撥弦，將他們的魂魄牢牢定住。好比是在地獄中掙扎，欲飛不能，只能被緊緊地拽住。

這貝斯手！這吉他手！

阿飛已經無法吭聲了，他身邊很多人都和他一樣。不過他們也都在想同一個問題，這支樂團有這麼出色的吉他和貝斯，想必主唱會被襯托得遜色不少吧。哪有那麼完美的……

然而，當主唱的聲音響起時，所有人都發現自己錯了！

那清澈略帶沙啞的聲音，和樂聲完美交融！

簡直沒有再好的了！

不知什麼時候，阿飛發現自己和周圍都開始彈跳起舞，雖然受場地限制不能做太誇張的動作，但是每個人的熱情都絲毫不減，甚至已經有人開始喊了：

「悼亡者，悼亡者！」

「WOOOOW——！」

一道燈光追在舞臺上，打在剛剛唱完一段歌詞，正對臺下觀眾微笑的主唱身上。

嗯，嗯？啊！！！！！

「怎麼會是他他他他他！」

燈光下的那張笑臉，正是不久之前，在阿飛面前糾結選哪種 Pocky 的男生。

這是，上帝在開哪門子玩笑呢！

嚴歡從臺上下來的時候，渾身都是汗。

「怎樣，還緊張嗎？」

比他出汗更多的是向寬，這位鼓手總是樂團中活動最激烈的成員。

嚴歡對他笑一笑，「緊張還是有一點的，但是沒有一開始的時候那麼害怕了。」

「多試幾次，保證你以後就不會再緊張，只會興奮。看著下面嗨爆的人群，看著他們對你揮手高喊，力氣就用不完地從身體裡湧出來。」

向寬曲了曲手臂，展示著自己的肌肉。

「瞧，哥就是這麼練出來的。」

「是嗎？」陽光從兩人後面輕飄飄地走了出來，「上次在『極光』演出的時候，不知道是誰緊張得不停上廁所啊，哥。」

向寬滿臉通紅。

「我那是吃壞肚子了！」

「嗯，你說什麼就是什麼。」

陽光一點都不想反駁，但是這副模樣反倒讓人更加氣惱。

「哈哈，付聲，你的新團員感情還是這麼好啊。」

一聲大笑，隨即，一個腆著肚子的中年男子向他們四人走了過來。這位又是付聲的老熟人，以前夜鷹樂團經常在這裡表演，一來二去付聲也就和他混熟了。

這一次，之所以能到這家在市內數一數二的場所演出，還都是托了付聲的福。不過，悼亡者也確實有實力。這一點，剛才臺下歡呼的觀眾已經幫他們證實了。

老闆發了一根菸給付聲，問：「這下，你們算是徹底在市內打響名氣了吧？我看從明天開始，大家的新話題就是你們悼亡者了。」

付聲點燃菸吸了一口，沒說什麼。

老闆看著他的臉色，笑道：「看來你不把這點名氣放在眼裡啊，也是，你們夜鷹以前都是多大的場面……」

「和夜鷹無關。」

付聲吐出一個煙圈，「悼亡者會比他們走得更遠，這只是開始。」

只是一個開始，離他最終的目標還有非常遙遠的距離。但是，付聲一點都不覺得氣餒，也不覺得遙遙無期。他看了眼身邊的嚴歡，默默地抽菸。

因為他知道，希望就在自己身邊，那就沒什麼好擔心的。

「老闆！老闆，那個我……」

一直到突然有人打斷他們的對話，悼亡者的四人才注意到，原來老闆背後還站著另外一個人，年紀看起來和嚴歡差不多大。

「是你！」嚴歡一眼認出他來，高興道，「你是剛才推薦牛奶味給我的那個同學！」

「牛奶味？」付聲挑了挑眉，看向對方。

阿飛本來就有點激動膽怯，這下被傳說中的鬼才吉他手打量著，更是縮了一縮。

「是啊，我剛才不是肚子餓出去買零食嗎？這位同學推薦了牛奶口味的Pocky給我，下回給你試試？」嚴歡隨即又道，「算了，你不吃甜食的。」

付聲了然，收回視線。

「是零食……」

嚴歡沒聽見他這句話，倒是一旁的陽光突然抬頭，頗有深意地看了付聲一眼。

「哦，還沒為你們介紹，這是在我們這裡打工的阿飛，很認真的一個小伙子。」老闆拍了拍阿飛的肩膀，把他推到前面，「剛才在下面看了你們的演出，就一直求著讓我帶他來見你們一面。哈哈，這小子變成你們的樂迷了！」

「樂迷?!」嚴歡聞言，眼睛一眨一眨地，「真的嗎？你真的喜歡我們樂團嗎？你覺得我們的歌怎麼樣，對了，我剛才在上面表現得還可以吧？我太緊張了。」

阿飛被他過度的熱情弄得有些無措，不過很快反應過來，抓住了這個難得的交流機會。

「我、我很喜歡你們的歌！千真萬確！」

「哇，感動。」嚴歡兩眼淚汪汪，「那你最喜歡誰，我找他幫你簽名。」

「我喜歡……」

「什麼？」

「喜歡……」

阿飛的聲音有些小，嚴歡只能湊過去聽，然而下一秒，他的耳膜都快被震穿了。

「我喜歡你！」

一聲大吼，將在場的眾人都震住。嚴歡呆立在原地，向寬無語偷笑，陽光扭頭看了付聲一眼。

「不、不是！」意識到自己說了引人誤解的話，阿飛連忙改口道，「我最喜歡你的歌聲了，還有你的聲音！情感！都很喜歡，超、超級喜歡！」

這下，輪到嚴歡臉紅了。

「我還沒那麼出色……」

「不，你很優秀！」

「還差很多……」

「你是最棒的！」

看著這兩個年輕人都紅著臉，像雙人對唱一樣糾結著同個話題，老闆突然哈哈大笑起來。

「年輕人，就是有活力啊！」

「嚴歡，你就認可他吧。」向寬也在一旁附和道，「這可算是你第一個死忠粉絲，不能滅了人家的心意嘛。」

付聲哼了一聲，「驕傲使人退步。」

「付聲，偶爾你也讓嚴歡獲得一些滿足感，老是壓抑著他，讓他心理扭曲了怎麼辦？」

付聲不說話了。

阿飛此時壯著膽子，又道：「那個，尤其是你看起來很年輕，我只要一想到一個和我差不多年紀的人，能在搖滾上有這麼大的成就，我就更加佩服你了。」

「哪裡哪裡，我真的還很不夠格。對了，說起來你多大？」

「十八了。」

「哎！」嚴歡瞪大眼，「其實我也十八，不過是虛歲！」

「我是實歲，都成年了。你還在上學嗎？」

「嗯，高二了，不過不常去。」

阿飛偷偷地附到嚴歡耳邊，「其實我也還在上學，高三。」

「什麼！那你還來打工——唔！」

嚴歡說到一半，被阿飛捂住嘴。

「噓，老闆還不知道，我騙他我是初中畢業出來找工作的。不要洩密啊。」

「嗯、嗯！打死你我都不說！」

「……」

看著兩個小鬼在一邊交頭接耳，幾個大人相視而笑。老闆吸著菸，這種年紀的小毛孩的小心思，哪裡能糊弄得過他們這些老油條呢？他只是平時不點破而已。

而另一邊，阿飛和嚴歡已經開始交流起學校的話題了。

「你哪個學校的？」

「省中。」

「靠，那可是市內第一志願！天才啊！」嚴歡一臉佩服地看著阿飛，他成績不算好，平日裡最佩服的就是會讀書的人了。當然，那種眼高於頂的除外。

「還好吧。」說起學校，阿飛興致缺缺，「我倒覺得普普通通。」不過感受著嚴歡看向自己的崇拜眼神，平日裡覺得討厭的學校，似乎也沒那麼厭惡了。

「你以後一定會考上很好的大學！」嚴歡篤定。

阿飛剛想說那也不一定啊，其實他有點不想繼續升學了，此時，卻聽見嚴歡繼續道：

「我以後應該不會再繼續讀書了吧，一輩子都無法知道大學生活是怎麼樣。」說著，他對阿飛露齒一笑，「不過你是我的朋友，你去讀大學就等於我去讀大學，那樣也沒什麼遺憾了，阿飛你一定能夠考上的！」

「朋、朋友？」

「不行嗎？」嚴歡捶了他一拳，「我看你很順眼，交定你這個朋友了，何況你還是我的第一個樂迷！」

阿飛愣愣地看著嚴歡真摯的笑容，感受著他話裡的誠意，突然覺得心裡湧起了什麼，暖洋洋的卻帶著一陣酸澀。

「嗯。」許久，他認真地點了點頭，「我會的。」

「兩個小鬼，談夠了沒有？」付聲這時候過來拎人，「回去了。」

嚴歡戀戀不捨地告別，被付聲拖著走遠。

「阿飛，下次我再來找你玩！別忘記我啊！」

看著悼亡者樂團的幾個人逐漸走遠，阿飛握著自己的手心，那是剛剛嚴歡握過的地方。

就像是一場夢，他想。

平凡的自己，在今晚遇到了嚴歡，遇到了悼亡者樂團，聽了他們夢一般的演出，然後，還和他們有過近距離接觸。

這是他以前想都沒想過的事情。一個像他這樣默默無聞的人，也能有這樣接近火源的時候。那熱度，幾乎都快讓他有被燙傷的錯覺。最後，嚴歡還握住了他的手，和他許下了成為朋友的承諾。

悼亡者，他們的搖滾，他們的激情，彷彿還在空氣裡流動著，久久不散。

阿飛深吸了一口氣，感受著充斥在肺部的空氣。

他對著無人的後臺，大吼：

「悼亡者樂團！最棒——！」

他一定會記住這一晚。這跌宕起伏，讓他永遠不會忘記的一個夜晚。

相遇，有時候就是人生的一場轉折。

嚴歡此時還不知道自己剛剛的一番話改變了一個人的未來，他和付聲走在回去的路上。而半路上，付聲打完一通電話後，就沉默下來。

「怎麼了？」

聽見嚴歡這麼問，付聲扭過頭來看他。

「剛才有一支樂團找我們聯合演出。」

「是誰？」

「KG。」

「KG？KG……是他們啊！」嚴歡驚呼，總算是想了起來。原來是不久前，因主奏吉他意外不能登臺，讓付聲代替上臺的那支國外樂團。怎麼，他們還沒回國啊？

「你趕快答應啊，這麼好的事還猶豫什麼？還有什麼問題嗎？」

「問題就是——」付聲冷著臉，「我不是很想答應。」

「啥?!」

# 04

## #Pray it out

## 我們見過嗎

ＫＧ樂團，全稱 KILL GOD，是一支典型的崇拜撒旦的樂團。

而他們的主奏吉他手貝維爾，則是一個有些奇怪癖好的傢伙，每到一個新的地方他總是喜歡嘗試一下那裡的美食，去非洲的時候吃過穿山甲，在中東地區吃過駱駝睾丸，而這一次不知道他又吃了些什麼，上吐下瀉個不停。

最後要不是付聲幫忙撐場面，這支初次登陸的歐洲樂團，在第一站就要摔一跤狠的了。所以他們對付聲一直都很感激，想要找個機會感謝他一下。這一次的聯合演出，就是這樣來的。

但是付聲對於ＫＧ似乎卻沒有什麼好感，對於這個邀請有些不感冒。嚴歡左右勸說無效後，第二天打電話請來了陽光和向寬，讓他們兩人也加入勸說的行列，來個三堂會審。

「這是多難得的一次機會啊！付聲，你究竟在發什麼神經！」向寬不可置信道，「你不知道現在正是我們需要提高知名度的時候嗎？和ＫＧ的合作有百利而無一害啊。」

付聲掏了掏耳朵，好像沒有聽見。

「你是不喜歡ＫＧ的音樂風格嗎？」

ＫＧ走的是死金路線，照理說以前也是這個風格的付聲不會對他們反感啊。

「不是。」

「那是我們已經有別的安排了？」

「目前還沒有。」

向寬怒了，「那你還有什麼理由不接受的?!」他看著一旁的陽光，遷怒道，「你也來說兩句啊！這傢伙執拗起來就跟航母一樣，拉都拉不動啊！」

陽光輕咳一聲，在向寬期待的眼神下，道：「其實我也覺得，這是一次不錯的機會。和出色的樂團合作，對提高我們自己的水準很有幫助。」

「是吧，是吧！我就說……」

「但是，如果你真的是有理由拒絕，我相信你。」陽光又接著道，「我認識的付聲，是不會為了私人情緒而放棄機會的人，尤其是在搖滾上。」

向寬氣急敗壞，「這傢伙可是有前科啊！你還這麼相信他！」

記得不到半年之前，付聲就是因為個人情緒還在一次音樂節上放了夜鷹的鴿子，那可是人盡皆知的。

「總之，付聲你有什麼理由就說出來！要是真的能夠接受的話，我們也不會勸你，但是你總得把原因告訴我們才行！」向寬下了最後通牒。

「……」

付聲還是沒有說話，只是默默地轉過頭，看向另一個方向。

陽光和向寬跟著他一起轉頭，然後看到了——坐在角落玩手機玩得不亦樂乎的嚴歡。

向寬氣不打一處來，上前就揪起嚴歡的領子。

「你這小子！把我們喊來當說客，自己卻玩起手機！玩什麼呢，小子？」向寬搶過嚴歡的手機一看，「哎！這麼醜的嬰兒是誰家的啊？」

嚴歡飛快地一把奪過來。

「你才醜！你全家都醜！這是我弟弟，親弟！」他忿忿不平地看著向寬，「你沒滿月的時候，還沒這一半好看呢！」

向寬訕訕道：「原來是你弟弟啊，叫什麼名字？」

「嚴樂！」

「噗……」

「你笑什麼？」

「沒，我想說，這、這真是個好名字，一聽名字就知道你們是親兄弟。」

「……」

陽光把視線收回，看著付聲道：「你不會是因為他，才拒絕這次聯合演出的吧？」

「……不是。」付聲微微扭過頭，「不算是。」

「是嗎？」陽光聳了聳肩，「我是不知道你在想什麼，不過我看你現在這樣，倒想起了一種動物。」

「……」

「護崽的母河馬，會把一切接近自己孩子的傢伙視作敵人。」

「……為什麼是河馬？」

「只是想到了而已。」陽光笑笑，「不過我要勸告你一句，小崽總是要脫離父母長大的，你一直把他護在自己的羽翼下，他怎麼成長？

「對於他來說，這或許是一次刺激，但也是一次機會。而且嚴歡不會像你想的那樣不堪一擊，你放心好了。

「反正最後決定權在你手上，你自己決定吧。」

陽光丟下這句，就也湊過去看嚴歡弟弟的照片了。

「這小孩長得不錯啊，和嚴歡很像。」

向寬不可思議地看著他，「你究竟是怎麼從這張猴子一樣的臉上看出和嚴歡像……嘔！痛！臭小子，你幹什麼！」

「你敢說我弟弟是猴子！你這個長臂猿！」嚴歡憤怒地看著他。

「嚴歡，你這個吃裡扒外的！究竟是你和你弟弟認識比較久，還是我和你認識比較久啊！」

「那不一樣，這是我弟，你又不是。」

「沒人性的戀弟狂……」

看著那邊嚴歡和向寬打成一片，沒心沒肺地笑鬧，付聲突然嘆了一口氣，揉了揉自己的眉心。

既然陽光說他是想多了，那就想多了吧。

付聲最後做出決定，接受這次聯合演出的邀請。然而他們誰都沒有預想到，這次聯合演出，會給他們帶來多大的影響。

兩天後，悼亡者一行人動身去和KG會合，做聯合演出前的最後準備工作。然而當四人抵達約定見面地點時，下巴都有些掉了下來。

「確、確定是這裡沒錯嗎？」向寬扶了扶自己的下巴。

「只要地址沒錯，計程車司機總不會帶錯路的。所以……」陽光看似冷靜地評價著，又道：「付聲，一定是你把地址看錯了。」

「沒有。」付聲不耐煩道，「就是這裡。」

「我、我、我、我眼睛沒花吧！那邊海報上寫的幾個字是什麼，向寬，你能幫我讀一遍嗎？」嚴歡有些結巴起來了。

「海濱迷笛二零二二音樂季，盛大舉行。」

向寬機械化地念完，懷疑自己的眼睛，「我是不是出現幻覺了？」

「那我也出現幻覺了！」

「我們一定是跑錯地方了！」

「但如果不是來錯地方的話，那我們就是——」

向寬和嚴歡握著手，眼淚汪汪地看著彼此。

「中大獎啦！啊啊啊啊啊啊！」

遠處新搭建的舞臺上，兩幅宣傳掛報從頂端懸掛而下，綠色的迷笛標誌清晰而明亮，迎風招展。

本土最早最有影響力的音樂節，迷笛。

他們此刻，正站在這次音樂節的演出場地門口——海濱世紀公園。

「啊，付聲！」遠處，有人打著招呼走過來。

那人戴著一副異常眼熟的墨鏡，即使看不到臉，眾人也猜出了他是誰。

「我就知道你們會在這個時間到，過來吧。」藍翔走到他們面前，摘下墨鏡，微微一笑，「我帶你們去舞臺。」

「舞、舞臺？」

「是啊，就是KG和悼亡者即將聯合演出的舞臺啊。」藍翔對嚴歡眨了眨眼，「你們不知道嗎？」

「現在……知道了。」

這絕對是一個從天而降的驚喜！

被草莓拒之門外，不，是拒草莓於門外的悼亡者樂團，竟然陰差陽錯地來到了迷笛音樂節。有心栽花花不開，無心插柳柳成蔭，這該是怎樣的緣分啊。

「Oh! Fu-sheng!」

一行人剛剛走到舞臺附近，就看到幾個老外熱情地撲了過來。其中一個笑著想要和付聲打招呼，但是那帶著口音的「付聲」實在是令人不敢恭維。

看起來他們似乎是剛剛結束一場激烈的排練，一身的汗，還沒走近嚴歡就感到一股撲面而來的熱意。話說歐羅巴人種，還真是容易體熱出汗啊。

看著付聲被幾個渾身臭汗的老外團團包圍，嚴歡心裡幸災樂禍了一下，同時為了不被殃及池魚，他悄悄地往後退了一步。

可剛一撤步，便覺得後背撞到一個硬硬的東西。

「Be careful, Boy!」

一句標準的英國腔英語從嚴歡腦袋上飄來，嚴歡下意識地抬頭，看到——兩個黑黑的洞，裡面還有若隱若現的鼻毛。

靠，離得太近了。

退開幾步，嚴歡再次抬頭看去，這才看清剛剛撞到的人的模樣。

一頭燦爛的金髮，碧綠如海的雙眸，纖長的睫毛困惑地上下撲扇著，這一個好似從油畫中走出來的外國美男子看著嚴歡，許久，來了一句：

「Have we met before?」

嚴歡看清對方的臉後，整個人都僵住了。

貝維爾只是去買了水回來，就遇到了一些小小的意外。先是一個亞洲男孩不小心撞到了他身上，差點撞翻他手中的飲料。其實這還沒什麼，可是當他看見這個男孩的臉龐後，貝維爾困惑了。

為什麼他會覺得這張亞洲面孔這麼眼熟？自己曾經在哪裡見過嗎？

想不通，貝維爾索性直接問那個男孩：我之前見過你嗎？

這不是一句非常難的英語，所以嚴歡聽懂了，但是悲劇的是，他根本就不想聽懂啊。

該怎麼回答？

難道要對這個高個子說：是的，我們見過。而且你還狠狠親了我一口。

——誰會這麼說啊！

在亞洲人眼裡看來，大多數歐洲人都是一樣的臉型，高鼻子寬額頭，厚嘴唇。同樣，在歐美人眼裡，其實東亞人種也很難區分外貌，就像是亞洲人看非洲人，除了黑色看不到臉長什麼樣。歐美白種人看亞洲人，除了膚色外也很難分辨臉型。

尤其是，當兩種人種的臉部一個是扁平柔和，一個是立體有致的時候，很難以一個統一的審美標準去要求他們。

至少，貝維爾以前就是這麼認為的。

在來到這個國家以前，他對亞洲人的印象大多都是勤勞、聰明，對於外貌則是沒有太多關注。嗯，有什麼不同嗎？不都是一頭黑髮，再加上黃色的皮膚嗎？當然，亞洲人的皮膚細膩也是世界公認的。

不過貝維爾對於皮膚沒有特殊的癖好，之前也沒有過亞洲情人，對於這個世界上最勤勞的人種，自然是沒有瞭解的。

但是，情況到了今天卻突然有了轉變。

看著眼前這個皺著眉瞪著自己的亞洲男孩，不知為何，貝維爾竟然會覺得他有些可愛？那直而挺的鼻樑，薄而性感的嘴唇，飛揚的眉梢。還有那瞪著人時，顯得格外明亮清爽的一雙黑眸。

哦，不得不說，這真是一個帥氣的小伙子。但是貝維爾打從心底眼裡，更喜歡用「可愛」這個詞，他自己也不知道是為什麼。老天，難道他是入魔了嗎？

被人用異樣的眼神打量著，嚴歡很不舒服，但是他又不想和這個老外打過多的交道，那天的接吻陰影還沒有褪去呢。

於是，為了躲避開貝維爾的視線，他不得不選擇朝付聲的方向走去。

正被一群人纏著的付聲，突然感覺到有人拉了一下自己的手，再一看，嚴歡整個人都竄到他身後去了。

「你幹什麼？」他揚了揚眉，正質問，突然若有所感，抬頭一看。

正好看到貝維爾跟個痴漢一樣，緊盯著嚴歡不放。

主奏吉他大人的眉頭，當場就蹙成了一個深深的川字。

「丹迪，你們吉他手是有幾天沒吃飯了嗎？」他轉過視線，對自己身邊的棕髮老外道。

長得健碩，手臂上紋著漢字的丹迪一愣，看向付聲：「才沒有，付，你為什麼要這麼問？」

「那為什麼他要像幾天沒吃飯一樣，盯著我們的主唱？嗯，難道你們讓他去街上乞討了？」付聲嘲諷道。

「不不不，怎麼可能，貝維爾他是個紳士，他……」丹迪轉頭看過去，頓時怒目，「貝爾！天啊！你在做什麼！」

衝上去一把揪住貝維爾，他低吼道：「你是還沒酒醒嗎？幹嘛盯著別人的主唱看，這樣很不禮貌?!付會以為你在挑釁他。」

「挑釁?不、不，沒有，我只是覺得那個男孩有些眼熟而已。你說他是主唱?」貝維爾眼前一亮，「他唱得很好嗎，是哪支樂團的?」

「我昨天說的話你究竟有沒有在聽，是和我們合作的一支當地樂團。他是付的團員。」

「嘰嘰呱呱，呱呱嘰嘰，吧唧吧唧……」

這群人的一番對話，聽在嚴歡耳朵裡就跟鳥語一樣，讓他又是好奇又是心癢。正不知道怎麼辦時，他突然想起自己身上不是還有一個天然作弊器嗎?

「John!他們在說什麼，你能幫我翻譯一下嗎?」

好幾天沒有聽見老鬼主動吭聲了，這讓嚴歡經常忘記自己身上還附著一隻幽靈。

「你不會想聽懂的，歡。」半晌，John才幽幽出聲。

「怎麼，難道他們是在說我的壞話嗎?」

「不，比那個……還要糟糕。你還是不要知道比較好。」

丹迪：「貝爾，你究竟為什麼要關注那個男孩？」

貝維爾：「我就是覺得他眼熟啊……還有，他很好看，你不覺得嗎，丹迪？」

丹迪：「在我眼裡，亞洲人其實長得都差不多，好吧，那孩子是有點小帥氣，但是不至於讓你這樣盯著他吧？」

貝維爾：「不知道，總覺得我和他好像在哪裡見過，還發生過什麼。」

丹迪一頭黑線，「是你想和他發生些什麼吧！我警告你貝爾，不要亂來，這是我們的合作伙伴，不是你的性伴侶！你什麼時候對男孩也出手了？」

貝維爾：「我從來不找性伴侶！那都是戀人，戀人你懂嗎！丹迪，而且我不會對這男孩出手，我只是感覺有些奇怪而已……」

丹迪：「還說你沒有看上他！你這個戀童癖！」

貝維爾羞惱道：「誰說他還是童了！亞洲人一向都臉嫩，說不定這男孩已經二十多歲了！我不是戀童癖！」

兩人越吵音量越大，根本沒有注意到旁邊的人。

現場聽得懂英文的人表情都有些古怪，KG的人是滿臉尷尬，恨不得立刻拉住那兩人堵上嘴。藍翔一臉看好戲，嘴角微微掀起。至於付聲，他還是一貫的臉色，活像世上所有人都欠了他三十萬。

不，現在是三百萬了。

當貝維爾和丹迪兩人的話題越聊越極端，眼看就要往兒童不宜的方向一去不復返時，付聲終於開口了。

「有一句話我要提醒你們。」他看著丹迪和貝維爾兩人，淡淡道，「我們主唱剛剛滿十七歲，在這裡，這個年紀還沒有成年。」

十七歲，這幾個詞嚴歡是聽懂了，他好奇地看著付聲，「你在和他們說什麼，他們問你我的年齡了嗎？」

付聲：「你不需要知道。」

嚴歡：「……」他今天真是受夠了，一直被人當小鬼看待。

「好了好了，閒話就先聊到這邊，我們還是開始談正事吧。」關鍵時刻，藍翔出來打圓場。

「今天主要是商量一下正式演出當日的一些具體安排，還有你們兩支樂團的配合問題。而且你們彼此還需要時間來磨合一下。」藍翔道，「先說說你們都有什麼問題。」

ＫＧ的人互相望了幾眼，搖頭聳肩。

藍翔將目光轉向付聲。

付聲開口道：「除了合作對象很有問題，其他沒什麼問題。」

「什麼？我剛才好像沒有聽清楚。」藍翔微微笑，「難道你是對這次在迷笛表演，有什麼不滿嗎？」

「不不不！沒有，絕對沒有！藍翔哥！」向寬一把捂住付聲的口鼻，「他的意思是十分滿意，實際上我們是太過驚喜了，有些語無倫次，哈、哈哈哈，哈哈哈哈。吶，陽光，你說是不是啊？」

他悄悄用腳跟踢了陽光一下，示意其開口說話。

陽光張了張嘴，醞釀許久後，道：「嗯。」

短短一個字，不知是在表示對向寬的認可，還是有什麼其他意味。

藍翔笑了笑，「既然都沒有問題，那就先商量一下具體安排吧。ＫＧ的表演是在音樂節第一天，他們一共三場，而最後一場是和你們的合作演出，所以希望能把氣氛推向最高潮。至於曲目，你們有什麼意見？」

「沒意見！沒意見，隨便怎麼挑！我們都可以接受！」向寬的頭搖得像撥浪鼓，手還緊緊捂住付聲。

嚴歡瞧了瞧付聲的臉色，好心提醒道：「你還是放手吧。」

「不放，堅決不放。」

「是嗎？」嚴歡一臉憐憫地看著向寬，「那就自求多福吧。」

「你這小子，什麼意——我靠，痛痛痛！付聲，你他媽是要掰斷我的手嗎?!」

捂著被付聲逆向掰開的手，向寬悲憤地看著始作俑者。

付聲哼了一下，沒理他。

「關於選曲，我有個建議。」付聲看向藍翔，「既然是要和我們合作，我想用我們悼亡者自己的歌。」

一語畢，連嚴歡都有點被嚇到了。付聲這也太不客氣了，借KG的面子好不容易能登臺，竟然還想反客為主嗎?!

付聲不等藍翔回應，又把這句話用英文對KG的人說了一遍。

KG的幾個人互看了一眼，聚到一塊商量了一陣子，片刻後，貝維爾被派來做代表。

「你的意見不是不可以接受，付。」他說，「但是我們想要知道，你們要用自己的哪首歌？如果我們都認可的話，就可以。」

付聲點了點頭，「這樣也好。」

說著，他將嚴歡一把拉到身前，對著眼前的一眾人等。

「我選的這首歌，是他作的詞，我譜的曲。」付聲的眸光閃了閃，「而歌名，就叫做《今天吧》。」

貝維爾的臉色古怪，「聽起來，很特別的一個名字。」

「嗯。」付聲頷首，「我剛剛才想到的，當然特別。」

眾人錯愕。

藍翔：「呵呵。」

嚴歡生氣了，張牙舞爪道：「你怎麼、你怎麼可以，不經過我的同意就取名！」

《今天吧》，這首歌是悼亡者樂團的一次集體合作，雖然是由嚴歡想詞，付聲譜曲，但向寬和陽光也在創作中參與了不少。

可以說，這是第一首真正意義上屬於悼亡者的歌——雖然它被付聲擅自地取了名。

「聽名字是聽不出什麼結果的。」貝維爾對付聲道，「如果想要用它進行合作演出，至少讓我們聽聽這首歌吧。」

付聲把這句話對幾位團員翻譯了一遍，然後問嚴歡：「你怎麼看？」

「怎麼看？就唱一遍給他們聽吧，有什麼大不了了……等等！」嚴歡臉色突變，「不會是要我們現在，此時此刻，在這個地方，表演給這麼多人聽吧？」

現在他們所處的地方是迷笛三大舞臺之一，附近有不少工作人員在走來走去，也有一些排練的樂團在場，可以說，這裡聚集著國內大部分的搖滾樂頂尖人才。在這裡表演，和在酒吧演出，意義是完全不一樣的。

嚴歡顯然也想到了這一點，一時有些緊張，吞了吞口水道：「等我調整一下心情。」

同時，他在腦內問老鬼道：

「怎麼辦！怎麼辦，John，我好像很緊張！等一下發不出聲音怎麼辦，唱錯了怎麼辦，要是他們覺得我很菜怎麼辦？啊，不行不行，心跳得太快，想想都恐怖。」

John 淡淡地哼了一聲。

「緊張什麼？這不是遲早的事嗎？」

「哎？」

「你說過，要帶我去胡士托音樂節，而這裡只不過是一個起步，就害怕了？」

老鬼笑道，「作為一個樂手，歡，你的心臟還不夠強大。」

「這不是要一步步慢慢來嗎？」

「時間不會等你，機會也不等人，嚴歡。你要是錯過這次，很可能就會一生與世界級舞臺失之交臂了。」

「但是，我怕自己做得不夠好，比起付聲他們，我還差得遠……」嚴歡囁囁道。

「你當然還差得遠！」John說，「不僅是比起付聲，比起很多樂手，你都還遠遠不夠格。但是，嚴歡，搖滾不是一個排資論輩的世界。能不能站在舞臺上，只要你有那顆心。」

「心？」

John笑了笑，「搖滾樂，只要你願意，你就可以擁有它。只要你有足夠的膽量，你就可以將它抓在手心裡。所以，歡，與其在這裡害怕。不如掏出你的心看一看。

「你想掌握這個世界嗎？我早說過了，如果害怕的話，就不要踏進來。可既然你已經進來了，就別想再回去，不要逼我鄙視你。」

「……John，你真的很有唬人的本事。」半晌，嚴歡苦笑道，「不得不承認，我被你說服了。哪怕是為了不被你鄙視，我都不能退縮。記著，我會帶你去胡士托的，一定！」

嚴歡抬起頭，對付聲道：「就在這裡表演吧。將我們的搖滾唱給他們聽，然後讓他們認可。」

付聲看著他，微微掀起唇角。

「好。」

悼亡者四人登上舞臺準備的時候，有一些空閒中的其他樂團，也漸漸地聚到舞臺前。

「這上面是哪支樂團？」

「現在不是KG的排練時間嗎？」

「啊！我認識那個吉他手，是付聲。」

「我也認識，就是那個脾氣特別差的傢伙吧，哈哈。」

「哎，等等，你們有沒有覺得左邊的貝斯手有點眼熟，就是紅頭髮的那個！」

「眼熟個屁！你瞎了啊，沒看出來嗎？那是陽光啊，那個陽光！」

「我靠！這支樂團是什麼來頭！」

「等等，我要去喊其他人來聽，他們是要表演了吧？」

不知不覺中，臺下的人越聚越多，聽到付聲和陽光的名頭而趕來的人，在舞臺下圍了兩三圈出來。這些來自全國各地的優秀樂團，懷著不同的心情期待著悼亡者的表演。

「人好像更多了?」嚴歡揉了揉眼睛,「是我的錯覺嗎?」

「不是你的錯覺。」向寬道,「我打賭這裡面百分之九十的人都是朝著他們兩個來的。」他對著付聲和陽光的方向努努嘴,「喏,還是那兩個傢伙名氣大啊。」

聽著他這酸溜溜的口氣,嚴歡失笑。

「那也沒什麼。」他說,「你要相信,遲早也會有人朝著我們的名字而來,我們也會成為悼亡者對外的一張名片!比他們還要閃亮。」

「遲早?那還得等多久?」

嚴歡想起了剛才老鬼說的話,輕撥了一下手中的弦。

「不久,就從今天開始吧。」

付聲回頭看了他一眼,無聲詢問。嚴歡對著他輕輕點頭,可以開始了。

場下的人群也安靜下來,屏息等待著。

四人在各自的位置上站好,坐好,向寬在後面試著爵士鼓。陽光不知在想什麼,眼神放空,看向遠方。付聲專注地望著手裡的吉他,嚴歡一一掃過團員,視線投到臺下的觀眾身上。

這裡有專業的音樂人，有幕後製作方，有來自各地的樂團。相同的是，他們現在都正看著自己，看著悼亡者。

嚴歡心裡道，想看就看，想聽就聽吧！我會讓你們知道，屬於我們悼亡者的搖滾！

他微微側過身，對向寬點頭示意。

鼓手回以一個眼神，手中的鼓棒，高舉！節奏開始！

一瞬間，周圍的空間似乎全部被吸走，大腦裡一片空洞，只聽見那鼓點聲一下一下地，敲擊出一個個音符，然後，演奏開始！

當手指觸上吉他弦的那一刻，發出的不僅是鳴響，還有來自心底的顫抖。弦線微顫，與空氣共鳴，發出聲響。而心臟也微顫著，與這音樂共奏，唱出的，不僅是歌聲！

**「就今天吧，就這一刻吧！**

**你還猶豫什麼！**

背上行囊，立刻出發！
去尋心中的夢啊！
別以為時間會等你，別以為歲月停滯不前。
就在你蹉跎猶豫時，它已悄悄從指間溜過！
追上它，不要放棄，今天，就是實現夢想的時候。」
咚咚碰！捶擊之鼓。
轟鳴婉轉，嗚響，嗚響，嗚響的吉他！低沉的貝斯音符，彷彿沉入海底。
而徐徐低吟又忽而激昂的歌聲，早告訴你——
「等什麼，等什麼，等什麼呢！
還要等多久，為什麼不就在這一刻！
就在今天，就在此時！
推開那扇門，出發吧！
上帝預定好的時間，不就是今天嗎！
跑啊跑啊跑啊！別錯過啊，出發的時刻表，已經在緊緊催促！

**哪裡哪裡哪裡！別忘記啊，前方的下一站，一直都等你領悟！**

**時間在，今天啊，啓程吧！」**

歌聲不再是歌聲，像是一聲聲撥動心跳的催促，點燃了血液的溫度，汗流浹背，熱血沸騰。鼓動起心底最深的情緒，應和著他們一起高喊。

**「哪裡，哪裡，就前方啊！**

**何時，何時，就今天吧！**

**哪裡，哪裡，就前方啊！**

**何時，何時，就今天吧！**

**你昨日的夢，還要等多久？**

**你今日的路，已經等不及。**

**哪裡！**

**前方啊！**

**何時！**

**今天吧！**

**追上它，不要放棄！今天，就是實現夢想的時刻！**

**耶！喔哦哦哦哦哦哦！**

「**喲呵——！**」

嚴歡的喉嚨都快要吼得沙啞，似乎下一刻就要冒煙，但是心裡的雀躍卻是止也止不住。臺下不知何時被鼓動起的人們，隨著他一起高呼回應著。

付聲快速地撥弦，挑起，劃過，一掃而下，黑髮隨著他身體激烈的動作，在空中劃過一道道弧度。

悼亡者的搖滾，悼亡者的歌！

嚴歡笑著，舉著麥克風，扯開喉嚨大聲問：

「**在哪裡啊！**」

——在前方啊！

「**在何時啊！**」

——在今天啊！

今天吧，你還等什麼？

最後一道音符落下，似乎還意猶未盡，沸騰的血液在身體裡流淌著，像是要化作一團燃燒的火焰。

嚴歡轉過眼，和付聲對望，視線看過陽光，投向向寬。

大大地笑一聲，沒有原因，沒有理由的，從心裡迸發出來的笑聲，暢快地從胸間穿透，彷彿直飛向天空。

從舞臺上走下來，嚴歡還處於興奮中，他不等待付聲，就直接走向ＫＧ樂團的一行人。

對著貝維爾和他的伙伴，嚴歡揚起嘴角，問：「怎麼樣？這首歌還合格嗎？」

明明說的不是英語，貝維爾在此刻，看著眼前笑得囂張的少年，卻彷彿能聽懂他在說什麼。

他微微一笑，心裡湧起某種難以抑制的情緒，俯下身，將額頭與嚴歡緊貼。

「我很喜歡。」他輕聲道，「你……們的這首歌。」

轉過身，不等陰著臉的付聲走過來，貝維爾對身後的伙伴問：「怎麼樣？」

ＫＧ的團員們相視一笑。

「那還用說嗎？」

合作演出的曲目，定下！

迷笛音樂節，國內搖滾界一大盛事。

對於樂迷來說，這是一次聽覺與視覺的盛宴，是一年一度的狂歡。對於樂團們來說，這是他們在搖滾史上刻下自己名字的第一步，每一支有野心的樂團，都不會放過參與機會。

是的，他們對搖滾的愛是真摯的，但是他們並不因此摒棄名利。如果不能出人頭地，怎麼能讓更多的人聽到屬於自己的音樂？

所以，迷笛音樂節比起國內其他音樂節，對於樂迷和樂手的涵義，完全不一樣。

一個是激動中期待，一個是緊張中期待。兩種含義，心態卻是天上地下。

嚴歡此時站在後臺，只覺得自己的心臟都快從喉嚨裡跳出來了。

「你這上臺就緊張的毛病，什麼時候才能改掉？」付聲在他身後皺眉問。

「改不掉了，不可能改掉吧。」嚴歡淚眼汪汪，「我現在手抖，要是等等上臺時吉他彈錯怎麼辦，突然斷弦怎麼辦，音響出了意外怎麼辦？天上要是一個響雷打下來，我……」

「閉嘴！」付聲的大手堵住他喋喋不休的嘴，忍著額角的青筋，「安靜點。」

「唔唔。」

「冷靜下來沒有？」

「唔～唔～」

付聲嘆氣，「別老是想些有的沒的，就當做是一次普通的演出，就不會這麼緊張了。」

「唔唔唔！唔唔！」

付聲忍無可忍，湊近嚴歡耳邊，壓低聲音道：「你敢再給我這麼大驚小怪，別怨我用別的東西堵上你的嘴。」

別的東西？

嚴歡的眼珠上下左右四處轉著。

是什麼東西，吃的嗎？

付聲見他這副模樣，嘴角微微掀起，「你想試試？」

想，還是不想，究竟該怎麼選？萬一是什麼好吃的東西，又萬一是付聲在耍自己呢？嚴歡糾結著。

「你要是真想試，我保證，可以讓你滿意。」付聲好心情地繼續哄騙，「怎麼樣？」

說著，他的手已經微微鬆開，可以讓嚴歡出聲了。

「我……」嚴歡張口欲言，而他呼出的氣正好噴在付聲手心，讓付聲覺得略微搔癢，那雙本來就濃郁的黑眸更深了些。

「我還是……」

「嚴歡！付聲！」向寬突然從後面跑了過來，「你們在這啊，我還到處找你們呢！」

嚴歡像是突然被驚醒了，連忙後退幾步遠離付聲。

「哎，付聲，你這麼看著我幹嘛？」向寬覺得背後升起一股寒意，「我哪裡惹到你了？」

「沒有。」付聲微笑，「你只是來得很是時候。」

「是嗎？其實是貝維爾讓我過來找你們，他說第一支樂團馬上就要上場了，讓我們一起去看。」向寬實話實說，順便朝另一個方向招了招手，「你看，他還在那裡等著我們。」

嚴歡和付聲一齊望去，只見一個高挑的身影正站在舞臺光影間錯的角落，金色的短髮忽而閃過一道亮光，藍綠的眼眸正望著舞臺方向。

像是注意到這邊的視線，貝維爾轉過頭來，看見他們後，露出一個善意的笑容，還順便招了招手。

正好走過他身邊的幾個女孩，立刻就風中凌亂、低聲驚叫起來。

「真是……真是一個人形聚光燈。」嚴歡目瞪口呆，看著貝維爾被一大堆女生包圍，卻保持住一定距離，風度翩翩地婉拒她們。

這個傢伙，真的和那晚宿醉的嘔吐男是同個人嗎？是嗎、是嗎？

不論如何，嚴歡還是要感謝貝維爾的，要是沒有他，向寬就不會及時趕過來打斷剛才那危險的氣氛。嚴歡覺得，自己好像差點就要被付聲一口吞掉了！

他偷偷地看了身邊的付聲一眼，見他臉色陰鬱，似乎心情不好。

果然，自家的主吉他手到哪裡都是這一副難搞的性格。

「走吧，我們也快點過去，馬上他們就上場了。」向寬在一旁催促，幾人向貝維爾那邊走去。

「來得恰好，他們剛剛登臺。」貝維爾對他們微笑道，「我為你們占了位置。」

「3、3Q。」嚴歡第一次實際運用英語和一個活的老外交流，難免緊張。

貝維爾溫柔地回應他，「舉手之勞。」

付聲一言不發。

「哇哦哦哦哦！他們上臺了！」

「馬上開始了！喲吼——！」

附近的人開始喧鬧擁擠起來，嚴歡隔著一道阻擋的欄杆看著他們，都覺得那種熱情令人心生恐懼。

臺上的鼓手，開始輕輕敲打。

臺下的群眾，更加激動。

下一秒，嚴歡終於知道，什麼才是熱情，什麼才是火熱。

迷笛音樂節，開幕！

沒有想像中的各種意外，一切都很順利，但彷彿憑空炸雷，一道閃電拋在面前。

嚴歡一瞬間覺得有些耳鳴，像是什麼都聽不見了。不，其實他聽見了，那舞臺上要震穿心扉的吶喊和嘶吼，那如擂擂戰鼓將每一根汗毛都豎起的音樂。以及舞臺下，人們歇斯底里的喊聲，狂吼的熱情！每個人激動到扭曲的臉龐，嘶喊到沙啞的喉嚨。

還有臺上，那在燈光的映襯下，好似幾個巨人一樣站立著的樂手。他們就是國王，就是上帝，他們掌控著每個人的情緒，彷彿可以任意決斷你的生死。

用音樂，用搖滾，用他們的靈魂，將每一道呼吸都變作巨龍的咆哮！

光影在眼前變幻，而耳中傳來的那音樂，卻讓人神魂顛倒。比起ＣＤ上的靡靡之音，比起影片裡偶爾看到的一片熱情，現場這震撼人心的搖滾，讓每個人都只顧得上隨之擺動！

怒吼，回應，宣洩壓抑已久的情緒。

彷佛要從喉嚨裡喊出血來才甘休，彷佛要將靈魂片片撕碎才痛快！

這才是搖滾，世界級的搖滾樂。

一個節奏，一個音符，就讓人神魂顛倒，為之懾服。

人們高高地躍起，高高地跳下，在人海中翻滾著。互不相識的人們彼此搭著肩膀，隨著音樂玩起開圈的遊戲。男人心裡的血性被音樂勾起，彼此對拳碰撞著身體，看似憤怒對望，卻相視而笑，淡淡化開。

嚴歡看著舞臺上的幾個「巨人」，心裡的震撼無法言表。

他曾經以為自己已經有了足夠的進步，已經踏上令人炫目的舞臺。可是直到這一刻，嚴歡才發現，他還什麼都不是，連巨人的腳都還攀爬不上。

心裡突然湧上幾分氣餒，嚴歡雖然覺得自己太容易被情緒影響，但又無法阻止這股沮喪。

就是因為他開始越來越熱愛搖滾，越來越瞭解搖滾，他才更清楚地知道自己和別人之間的差距。

這距離，是如此之大，大到讓追趕的人開始絕望。

付聲和向寬彼此交換了一個眼神。

向寬挑眉，我就說他承受不住，看，低落了吧。

付聲怒目，當初說要來的可是你們。

「是啊是啊，是我們。」向寬笑了笑，「但是這個安慰的工作可是我和陽光做不來的，還是只能靠你。」

付聲不解。

向寬神祕道：「別說你不知道，你認為當初這小子為什麼死也要拉你進樂團？

「——因為打從一開始聽到你的吉他，他的心就被你俘虜了。對嚴歡來說，你就相當於他心中一個不會倒下的支柱，是他的嚮往。」

向寬拍了拍付聲的肩膀，「這個時候，當然就要輪到你來安慰他。」

他們背著嚴歡進行這段交流，卻並沒有避開貝維爾。雖然聽不懂中文，但是貝維爾看著這兩個人再看向嚴歡，似乎懂了些什麼。見付聲還是猶豫不決，他上前就道：「還是讓我來安慰……」

「唰」的一下，剛剛還站在原地的付聲立刻就不見蹤影。

嚴歡再一抬頭，卻看到付聲站在了自己面前。

「沒用的傢伙，這麼點小事就沮喪成這樣，你以後還怎麼會有出息？」

一聽到付聲是來罵人的，嚴歡更加抬不起頭了。

「我也知道自己太沒用……」

「不過你更笨，竟然愚蠢地想要用現在的自己和他們相比。」付聲望著舞臺，神色莫測，「你知道他們都是些什麼人物嗎？」

嚴歡不解，「不就是國外的搖滾樂團？」

「那可不是一般的樂團，他們可都是登上過搖滾殿堂的傢伙。」付聲的聲音裡帶著一絲悵然，「一群變態一樣的傢伙。」

搖滾殿堂，那是聚集著搖滾史上歷任天才、神話，以及傳奇的一個地方。

能在搖滾殿堂留下自己的名聲，對於一支樂團或者一位樂手來說，是一生最大的榮譽。

美國搖滾殿堂，曾經青史留名的例如披頭四、貓王、滾石、皇后、超脫、性手槍、槍與玫瑰等樂團，以個人的名義登進這座殿堂，更是一種無以倫比的榮耀，而歷史上擁有這個資格的人，少之又少。

然而卻有一個人，他的個人排名在殿堂遙遙居於前列，甩下了一大批的神話級樂團，甚至於是他自己曾經的樂團。

這個人的名字是——John Winston Lennon。

約翰．藍儂。

# 05

## #Pray it out

### 悼亡者

搖滾殿堂，對現在的嚴歡來說依然可望而不可及。但是迷笛音樂節，卻近在眼前。

「做好準備。」付聲說，「等一下，上臺吧。」

一句簡單的話，卻在嚴歡心裡撩起陣陣波濤。

這是屬於你的舞臺。

猶如巍巍高山之腳的一塊碎石，山頂風光尤不能及，心裡惶惶，但又何必如此！

攀登這座高山的，並不是他一個人。

一同經歷路途艱險的，也不只是他一個人。

即使再惶然、再害怕，身邊終究有人陪伴。就好比現在，僅僅是付聲的幾句話，卻能讓他冷靜下來不再焦躁。

身邊還有這麼一群伙伴，所以，害怕什麼，畏懼什麼，退縮什麼呢！

來吧！睜開眼，踏上這舞臺就對了！

先前出場的樂團剛剛退下，臺下觀眾熱情未散，都在高喊著剛才那支樂團的名字，要求安可。無形的壓迫，籠罩在即將登場的每個人身上。

KG的人過來喊人了。

「走吧，伙計們。」丹迪對著大伙露出暢快的笑容，「終於輪到我們上臺了。」

他過來拍了拍每個人的肩膀，輪到嚴歡時，大大一笑。

「讓所有人為你折服吧！小子！」

嚴歡傻愣愣地聽懂了，卻來不及反應，丹迪已經帶著他們的團員率先登臺。大螢幕上，打出了即將出場的樂團的名字，還有主持的大聲介紹——**KG & The Prayer!**

光影、騷動、熱情與冷卻，僅僅一臺之隔，卻彷彿是完全不同的世界。

「上了。」付聲走上舞臺時經過嚴歡身邊，「還等什麼？」

向寬和陽光也相繼走過，三個伙伴的背影就在前方等著他，沒有語言沒有動作，卻是無聲的默契。

嚴歡笑了，抬腳，登上這舞臺！

臺下的人群擠得像沙丁魚罐頭，連從細縫間穿過都很困難，可以感受到附近的人身上噴薄而出的熱情及汗味，那都是搖滾的味道。

陸佑飛擠過一個又一個人身邊，拚命掙扎著靠近舞臺。

他是第一次來音樂節，卻覺得不如想像中的那麼美好。到處烏煙瘴氣、人擠人，又隔著老遠，甚至連舞臺上樂團的音樂都聽不見，只有耳邊人群狂躁的喊聲！

陸佑飛心煩意亂，已經有些暴躁了。這已經是他輾轉的第三個舞臺，他下定決心，要是在這裡還是和之前一樣的感受，他就立刻轉頭回家——雖然他本來就是逃家出來的。

舞臺上一陣煙霧升起，彩色的燈光打在白霧上，將其染上妖魔鬼怪一般的色彩。人群開始躁動起來！下一支樂團登臺了！

「是誰！臺上的是誰？」

身邊有人問著，陸佑飛心裡也很想知道。

「是ＫＧ啊，你沒看演出表嗎？」

似乎是一支國外的知名樂團，但是陸佑飛不感興趣，他有些興致缺缺。

「哎！竟然是合演！還有另外一支樂團的名字！你看，是——」

**The Prayer!**

當這個詞傳進陸佑飛耳中的時候，像是一道霹靂，讓他全身的汗毛都豎起！

他拚命睜大眼睛，不顧周圍人的抱怨，向前擠著。只為了看清楚一點，再看清楚一點！直到看清那熟悉的面容，那年輕稚嫩的容顏！

是嚴歡！是嚴歡啊！

看著那個少年站在舞臺上，和周圍其他樂手一起，站在這個巨大的舞臺上！有那麼一刻，陸佑飛簡直想對所有人大喊！這是我認識的人，這是我認識的樂手！這是我喜歡的樂團！

啊——！

打破了砌築在心裡的一道牆，終於可以暢快呼吸。陸佑飛睜大眼睛看著臺上嚴歡的每個動作，他抓起麥克風，他站到了前臺！

他是要主唱？

在這裡，在這個偉大的舞臺上！悼亡者的初啼！

而這時，卻有人說：「啊，那個 The Prayer 是什麼玩意？來借光的菜鳥嗎？」

「名單上都沒有他們啊，不會扯後腿吧。」

「哈哈，誰知道呢……」

陸佑飛緊緊握拳。

「不會……」

「嗯？小子，你說什麼?!」

「絕對不會！」陸佑飛惡狠狠地看著對方，大吼道，「他們是最棒的樂團！嚴歡是最棒的樂手！他們絕對不會扯後腿！」

站在這附近的人都齊齊轉頭，想看看是誰這麼不客氣地放下大話，見到是個毛都還沒長齊的年輕人，不由得嗤笑起來。

「小鬼，你知道個屁！」

「你們知道個屁！」陸佑飛激動地頂嘴，「我就是知道！悼亡者比你們想像中好一萬倍！」

「是嗎？那你敢不敢和我賭一把？用你身上的全部家當，讓這周圍的人作見證，來賭那個菜鳥樂團的實力。」粗壯的大漢看著陸佑飛，桀桀怪笑，「怎麼，敢不敢賭？」

「賭！」陸佑飛漲紅了臉，狠狠地看著他，「贏的一定會是我！」

「好啊，等著瞧吧，小子……」

「噓，別吵！」

有人打斷了他們的對峙，此時臺上的兩支樂團已經做好準備。演出，即將開始。

即將彈起的節奏是什麼？

即將奏響的旋律又是什麼？

陸佑飛著迷地看著悼亡者樂團，付聲撫上吉他弦，陽光輕點著腳尖，向寬坐在最後，而嚴歡則走到了舞臺的最前方！

他輕輕握住麥克風，將它拿到嘴邊。

下一秒，帶走所有人靈魂的歌聲又會是怎樣？

陸佑飛屏息等待著，因為他知道，悼亡者會讓在場的所有人都目瞪口呆！

「Ready?」丹迪敲響一聲鼓，問嚴歡。

嚴歡回以一個可以的眼神，丹迪笑了笑，手中的鼓棒以肉眼不可見的速度敲響一連串的節奏。

臺下的觀眾聽到鼓聲後振奮起來，揮舞著手臂。

吉他與貝斯緊隨其後，帶著劃破夜空的犀利。

「開始吧！」

嚴歡深呼吸一口氣，耳中聽著節奏，緊緊握著麥克風。

這一次他沒有背著吉他，完完全全以一名主唱的身分站在舞臺上。而在他身後不只是三個人，而是一共八個人正成為他的支柱。

樂手賦予音樂生命，而主唱要做的只有一件事——賦予音樂靈魂，讓它能夠頂天立地！

張大手，迎天歌，大聲歡呼吧！

迎接屬於他們，悼亡者的歌！

舞臺下一片昏暗，只有手機反射的光芒，彷彿是夜空中點點閃爍的星辰。

夜空中的星，讓他開始奔跑，看著鏡子中的自己，才明白所謂樂手的使命。

如今他明白，他的命運轉折，是從今天開始！

所以——今天吧，就從今天開始吧！

成為世上，最獨一無二的悼亡者！

輕輕湊近麥克風，嚴歡閉上眼，啟唇而歌。

夜，歡鬧的人群。

是誰的歌聲在傳遍晝夜，是誰的嘶啞正響徹天地。

人們漲得通紅的臉龐映在嚴歡身後的大螢幕上，紅色的燈光打在他們臉上，看起來就如同在燃燒！

人群在燃燒著，搖滾在燃燒著！鼓動著搖滾的生命，如烈日之火，灼痛你，卻不願鬆手！

嚴歡閉上眼，唱著那彷彿印在心底的歌詞。他笑起來，這一刻，他彷彿看見未來的那條路，無論多麼坎坷曲折，終究會走到終點的那條路。

燈火搖曳，人影斑駁，瘋狂的、熱烈的、痛苦的人們！他們聽到了那音樂！

來自另一個世界的聲音，在所有人身上都刻下印跡。

不去管那些瞠目結舌的人，不去管那些被悼亡者震撼的人。

此刻，嚴歡的意識內，**John** 靜靜地看著眼前這個大舞臺。

你愛搖滾嗎？有多愛，願意為它付出生命嗎？

這個他只能通過嚴歡的眼睛才看得到的世界，它像是一座五光十色的舞臺，而自己只是臺下一個匆匆看客，旁觀著臺上的精彩。

永遠被一層紗隔住，無法觸碰分毫。

這個讓他愛過、恨過、遺忘過的世界，如今已經屬於別人。

老鬼輕輕地嘆了口氣。

他是不是，真的該和這個世界告別了？

嚴歡肆意地笑著，因為他預見自己未來無垠的道路！

老鬼輕聲嘆息，因為他預感自己或許即將與搖滾告別。

一老一少，上個世紀與這個世紀，處在不同時光中的人。

在這一刻，都在為同一個魔鬼神魂顛倒。

搖滾吶。

搖滾啊！

喉嚨像是有火燒過，嚴歡現在只覺得連一個字都說不出來，乾渴無比。

他坐在昏暗的後臺，頭上蓋著一條毛巾，臉全部被覆蓋住，身體藏在陰影裡，卻止不住嘴角的笑意。

周圍是一片寂靜，而在不遠處的舞臺上以及舞臺外，依舊是喧鬧一片、翻天覆地的景象。

兩種極致的對比顯得此處更加冷清，嚴歡卻一點都不這麼覺得，他只感覺自己好像還神遊在剛剛那個舞臺上，無法回神。

——那個讓他吶喊、沸騰，拚盡一切的舞臺！

腦海中似乎還有著幻影，是臺下觀眾熱切的臉孔，又似乎是身邊伙伴們默契的笑容，更像是無限精彩的未來，在向他招手。

汗水，吼聲，溼透的衣服，沙啞的喉嚨，搖滾傾盡一切，他也奉獻一切。

只有這樣，才能得到意想不到的！

觀眾的熱烈回應，那被人舉起用力揮舞的搖滾旗幟，那結束時的喧鬧與強烈的安可聲！還有，他們熾熱的眼神！

即使是現在回想，嚴歡都覺得溫度燙人，彷彿連那時的空氣都是炙熱的，在身體裡烙下印痕。

「呼……」

深呼吸一口氣，嚴歡仰天閉眼，努力讓自己冷靜下來。

他想找個人聊聊，以宣洩此時過於激動的心情。

「John，你說，我今天算不算成功？」

「John？」

直到喊了好幾聲，才傳來老鬼懶懶的回答。

「是啊，你成功了。」不過隨即又道，「不過只是踏上世界舞臺的第一步而已，沒什麼好自鳴得意的。」

「……哈哈，你打擊不到我，我都習慣你的諷刺了。」嚴歡笑著說。

「歡，我是說認真的。」John道，「今天你在這裡點燃了他們心中的火焰，是的，你做到了。但是這些樂迷只不過是世界上億的搖滾樂迷的萬分之一，你才點燃了一顆星星的火光，就妄想擁有全宇宙嗎？

「你還差得遠。」

嚴歡睜開眼。

今夜的天空很黑，襯得星星也格外明亮。他看著最亮的那顆，即使如此，它比起整座星空也只不過是九牛一毛。太渺小了，太微不足道。

他有些明白John說的話了，這星星的火光，還不足以燎原吶！

但是這並不能讓嚴歡氣餒，剛剛獲得人生第一次真正意義上認可的少年，此時比誰都雀躍。哪怕是付聲站在這裡說一通冷言冷語，都撲滅不了嚴歡此時心中的火焰。

徹底點燃起來的，踏上搖滾世界征途的火焰。

「不要潑我冷水了，John。」嚴歡笑了笑，「我知道你是想讓我冷靜地看清自己，我明白還差得遠，還有許多不足的地方，但是我們不是說好了嗎？遲早會帶你去胡士托音樂節，我不會忘記的。」

老鬼沉默了好久，才再次開口。

「那你想要讓我等多久？」

「很快，儘快，更快！」嚴歡道，「這是我們的夢想，我會盡一切努力，John。」

聽著嚴歡這番熱烈坦誠的話，John久不動搖的心也漸漸有些軟化。他也有些開始期待起來。

「好啊，我等著你帶我去胡士托的那天。」

「嗯。」

「不要忘記約定，歡。」

嚴歡笑了，剛想回一句「那當然了」，就聽到身邊有腳步聲，這打斷了他的腦內對話。

「躲在這幹嘛？」

付聲快步走了過來，似乎找了他一陣子，有些不耐。

「難道一個人躲著哭嗎，小鬼。」

嚴歡也不耐道：「我偶爾也想獨自安靜一下好不好，你不瞭解，青少年那顆敏感脆弱的心！」

付聲似乎哼了聲，「是不瞭解，也不想瞭解，總之沒空廢話了，快跟我走。」

「走？去哪，要回去了嗎？」嚴歡疑惑道。他們的合作演出已經結束，難道這麼快就要離開了？

付聲眸光閃了閃，語氣中似乎帶著些傲意，「你沒聽見嗎？」他抬頭，看著光幕中的舞臺，目光灼灼。

「什麼？」

「外面那些觀眾震天的安可，這是在催我們再次上臺啊。」

**安可、安可！安可、安可！**

近千人的龐大呼聲，幾乎要將舞臺掀翻。人群中，有人吼得脖子上的青筋都冒了出來，有人揮舞著手臂奮力擺動！對著空無一人的舞臺盡全力喊著他們心中的對象。

「KG、KG、KG！」

還有——

「**The Prayer!**」

這個一開始根本沒人知道的名字，現在從樂迷們的口中激動地呼喊出來。一遍又一遍，一聲勝一聲！

陸佑飛在周圍的喧鬧中再也忍不住了，大聲道：「他們的中文團名是悼亡者，是悼亡者啊！」

很快，這個更容易呼喊的名稱便傳開出去，等到嚴歡悄悄走到舞臺附近觀察情況的時候，全場已經滿是喊著KG和悼亡者的嘶吼了。

嚴歡剛探出一顆頭，耳膜就像是要被刺透了一般。

近千人一同賣力地呼喊著你的名字，那感覺就像是被人定住了靈魂，動也不能動！多麼深沉的呼喚！

「**Hi!**」

貝維爾走了過來，從後面拍了拍還在發愣的嚴歡，笑著道：「等等我們返場後會留下五分鐘給你們，要抓住機會，讓他們為你瘋狂吧！加油！」

留下滿頭霧水的嚴歡，貝維爾背著吉他上臺準備KG的單獨演出了。而嚴歡站在原地望了他好久，道：「他剛才說了什麼？」

付聲從後面走過來，語氣不冷不熱，「他剛才是在下戰書，比比我們和KG，哪團更能獲得樂迷的認可。」

「什麼?!」嚴歡握緊拳，「那一定不能輸！」

正站在臺上的貝維爾突然感覺到一陣強烈的目光，他回頭，看見是那個男孩正望著自己。心下還沒開始得意，貝維爾突然覺得這目光似乎有些不對勁，不那麼友好，反倒是有些競爭和敵視的意味？視線移向嚴歡身旁的付聲，正好付聲也陰涼涼地望了過來。

兩位主吉他手對望良久，須臾，相視一笑。

嘿嘿。

哼！

嚴歡摸了摸手臂，只覺得身邊陡起一股妖風，涼意陣陣，抬頭看向付聲。

「怎麼了？」

「沒什麼。」付聲收回視線，將他拽走，「快去準備，等一下可不要被他們比下去了。」

嚴歡被付聲拉走了，因此，也就沒有看到下一秒ＫＧ真真正正的演出！

死亡金屬樂團，**KILL GOD**！

貝維爾站在舞臺中心，感受著打在自己身上的燈光。

臺下的喧囂，樂迷的興奮呼喊，周圍的噪音，都像潮水一樣漸漸從他耳邊退去。現在他腦中，回蕩著的只有一個旋律——他獨一無二的吉他！

微微低下頭，將食指靠近弦線，像是觸碰愛人一樣輕輕撫摸著。

貝維爾低聲呢喃：「開始吧。」

開始吧，這場搖滾盛宴！

**鏘——！**

吉他的鳴響在空氣中顫顫發抖，激烈地震出它的風華！

——然後，絢爛開幕。

夜色越來越深，天空已經被黑色覆蓋，偶爾閃爍的星辰彷彿在窺視著地上這群瘋狂的人們。

他們歡呼，他們狂喊，他們此時此刻只為一件共同的事情瘋狂。

然而這群瘋狂的人卻不知道，或者是沒有人能預料到。

今夜，這個再普通不過的夜晚，對搖滾樂，對世界上所有熱愛搖滾的人來說，有著多麼重要的意義。

一顆嶄新的星辰，在今晚，升上了夜空。

喧鬧的上半夜過去，到了下半夜，原本熱鬧的音樂節現場，人群漸漸散去，一下子安靜下來。

整座偌大的公園音樂節區域，只亮著些許微弱的路燈，路燈附近，有一頂一頂的帳篷撐了起來，帳篷附近還隱隱傳來談天歡笑聲。這是夜宿等待第二天演出的人們，在散發著今夜未盡的餘熱。

而今天有演出的樂手們，這時候大多都精疲力盡，吼了一整晚，全都口乾舌燥。

嚴歡此時蹲在後臺，抱著一個便當盒猛扒，這狼吞虎嚥的模樣好像十年沒吃飯似的。

付聲皺眉看著他。

「慢點吃，餓不死。」

「我靠，已經快餓死了好不好，咳咳，水、水！」

陽光從一旁遞了一瓶水給他，嚴歡感激地接過，來不及道謝，咕嘟咕嘟地大口大口喝下去。喝了有大半瓶，才叫了聲爽，放下水又開始大口扒飯。

向寬笑道：「嚴歡今天也夠累了，你就讓他放鬆一下吧。不是我要說，付聲，你有時候管他也管得太嚴了？」

嚴歡嘴裡塞得滿滿的，不能說話，只是拚命點頭，表示自己同意得不能再同意！

付聲挑起一邊劍眉，看向向寬。

「嚴？」

「嘿，你那是自己沒發現。比如說吧，嚴歡和個陌生人聊天你就要管東管西的，平時出去一趟都要跟你報告，難得出門了還要限制時間，晚上九點之前必須回來！這還不算嚴格嗎？」

付聲聽了，仔細在腦內思考一遍向寬說的話，眉頭慢慢皺了起來。

向寬見狀，大感欣慰，上去拍拍他的肩膀。

「怎麼樣？想通了吧，想通了以後就別再這樣看緊嚴歡，你要知道，孩子也是需要有自己的空間……」

「沒有。」付聲打斷他，一本正經道，「我不覺得我做的這些事，有哪裡過分。」

「啥?!」

付聲淡然道：「無論是限制他外出，還是限制他和外人來往，我都是從他本人以及樂團的利益出發。嚴歡太容易被別人三言兩語就騙走了，而且有時候十分沒常識，不看緊他，誰知道他下一秒會不會被人拐到非洲去？」

向寬聽了，若有所思，「這……倒也是，嚴歡這小子有時候是挺粗神經的。」

聽見這話，嚴歡哪還顧得上吃飯，連忙把筷子一丟，辯解道：「喂喂喂！我好歹也是個即將成年的人好嗎！我的智商還是正常的，別把我說得跟幼童一樣！」

付聲瞥他一眼，「不要侮辱幼童的智商。」

「……」猶如被凌空一擊！嚴歡捂著胸口，淚眼汪汪地看著付聲，再也說不出話來。

向寬看不過去，又過來道：「其實你有時候也要換位思考一下啊，付聲。就好比是有這樣一個人這麼管你、監視你，把你關在房間裡不讓你出來，還限制你和別人往來，你會怎麼做？」

付聲想了想，眼中冒出一抹寒光。

「幹掉他。」

他說話時，就像是想像到了有人敢這麼對待他的情景，周身都是一片寒意，讓附近的人不由得打了一個寒顫。

「啊哈哈，那啥。」向寬乾笑道，「你自己都這麼想了，你想想，嚴歡會有點小不滿，也是可以理解的，對吧？」

付聲沉默一陣。

「不能理解。」

「付聲，你知不知道有句話叫己所不欲，勿施於人？」

「曾經知道。」

「啊，那不就得了！你也得多為嚴歡想……」

「——但是現在忘了。」付聲雙手抱拳，好整以暇道，「沒用的事，不想占著腦容量。你囉嗦這麼久，究竟是想說什麼，向寬？」

對於眼前這個傢伙，向寬張口結舌，實在是無話可說。付聲究竟是得有怎樣的心理素質，才能做到這麼極致的雙重標準？他對嚴歡和對自己的標準，完全就是兩個極端啊！

最最關鍵的是，這人竟然還一臉坦然，絲毫不覺得自己有哪裡做錯了！這讓向寬簡直要嘔出一口老血。

「我、我，我……唔哇！」他衝過去抱著嚴歡，做出一副嚎啕大哭的模樣，「嚴歡，我實在是對不起你啊！我有愧你的重托，對不起你的信任啊！」

「沒關係，沒關係。」嚴歡一臉理解地拍了拍他的背，兩個難兄難弟抱在一起，「付大魔王不是那麼容易對付的，勇士，辛苦你了！」

「英雄，可是我們都戰敗了！」

「沒關係，勇士，我們可以再接再厲，遲早有推翻魔王統治的那一天。」

「一起戰鬥吧，英雄！」

「勇士！」

「英雄！」

「……」

看著那兩個人抱在一起犯傻，付聲實在是忍不下去了，當即就要衝過去把嚴歡拎出來。可是他還沒走出幾步，一個人就擋在他身前。

他看著對方的臉，蹙眉。

「你也要對我說教？」

陽光淡淡一笑，「我可不是勇士，也不是英雄，哪敢對魔王大人說教？不如說，我算是魔王這一邊的，來給你提個建議罷了。」

「什麼建議？」

陽光看著滿臉鬱悶的嚴歡，道：「他可還是正值青春期的小傢伙，逼得太急的話，你說哪天會不會反咬一口呢？」

付聲有些不耐煩，「你要說的就是這個？」

「不，我說的重點可不是這個。」陽光一臉笑意，「你知道青春期的小鬼最討厭的是什麼？那就是對自己說教和管東管西的大人，你說，嚴歡現在是不是很討厭你呢？」

付聲一聲冷笑，剛想說一句：他敢?!

可是下一秒，他又想起這幾天嚴歡對自己的躲避，和對其他人的親近，眉間就漸漸蹙起一個川字，再看向嚴歡時，眼中像是有十分的不滿。

陽光看在眼裡，暗自好笑，因為付聲此時的眼神無比好猜，就像是一個得不到玩伴的孩子，在抗議——我對你這麼好，你怎麼可以討厭我！

大概付聲自己也沒有注意到他現在的表情吧，陽光欣賞了一會，還是好心地提醒道：「有時候適當地放鬆，對於雙方都有好處，你考慮考慮。」

另一邊，正和向寬摟在一起訴苦的嚴歡，突然看到地上冒出一道人影。猛地渾身一顫，他抬頭一看，付聲正站在他面前靜靜地看著他們。

嚴歡張大嘴，心想不會這麼倒楣吧，剛才罵付聲的那些話都被他聽到了？正惴惴不安時，付聲發話了。

「出去透透氣，半個小時內必須回來。」

「啊？」嚴歡揉了揉耳朵，懷疑自己是幻聽，「你剛剛說什麼？」

付聲道：「沒聽見？那就當我沒說。」

「不不不！我聽見了，半個小時是吧?!」嚴歡一個虎躍站起來，「我一定在半小時內回來！長官！」

說完，他腳下就像插了雙翅膀，一眨眼就竄得不見人影了。

向寬目瞪口呆地看著這一幕，不可思議地道：「這究竟是怎麼回事？陽光，你剛才究竟跟付聲那死倔的傢伙說了什麼？」

陽光笑而不語。

打蛇要打七寸，對付付聲這樣的人，當然就要抓住他的弱點來使勁。至於付聲現在的弱點是什麼？陽光瞇眼一笑，那不是明擺著嗎？

得到了解放令，嚴歡像隻脫韁的野馬一溜煙地跑了老遠。等他從興奮中回過神來，自己都不知道自己跑到什麼地方了，只覺得周圍都是小帳篷紮營，不遠處還點著篝火，一群人圍在一群嬉笑討論著什麼。

畢竟是年輕人，嚴歡的好奇心被勾了起來，跨過一個個帳篷像是翻越一座座大山，終於來到了篝火前。

火光並不是很強，僅能照亮坐在最中間的一群人，然而周圍的其他人卻不介意坐在黑暗中，或者三五聚在一起，或者獨坐。嚴歡找了聚得最多的一個人堆，一頭鑽了進去。

「這是在幹嘛，幹嘛呢？」

「噓！」前面的人對他比了個安靜的手勢，「別吵，聽歌！」

聽歌？嚴歡向人群中央看去，只見地上坐了個人，手裡拿著把民謠吉他，正一下一下地彈奏著。音色清明悅耳，在這樣暗的夜裡，猶如一陣涼風徐徐吹來。

那是一首嚴歡不知道的歌，那彈奏的人他也不認識。

然而此時，夜下，篝火旁，陪著這一群不認識的人，一起聽著那個陌生的滄桑男人的吉他和歌聲，卻像是一下子共鳴起來，心裡泛起了陣陣波濤。

一曲輕吟完畢，那男人放下吉他，周圍響起一陣輕輕的掌聲，他不好意思地笑了笑，隨即問：「獻醜了，下一個誰來指教？」

這就好像是古時的江湖武人切磋，或者文人鬥墨，有時候比的並不是高下，而是一種氛圍，尋覓一種意境。

嚴歡笑了笑，想看看接下來會是誰上去，可哪知人群中突然有個人指著他喊了起來。

「看！那不是悼亡者的主唱嗎?!」

一瞬間，所有人都齊齊轉頭看過來。

被十萬瓦特的燈照著是什麼滋味，嚴歡這一刻終於體會到了。

對著周圍如狼似虎般饑渴的目光，他像是傻子一樣尷尬地揮了揮手。

「哈、哈囉，你們好啊。」

下一秒，他便被人群淹沒，連影子都看不見了。最後一秒，嚴歡腦中只有一個念頭！

靠靠靠，說好的半小時，我來得及回去嗎？

「哪裡，人在哪裡？快讓我摸個手！」

「厚厚！我抓到他頭髮了！」

「我拉住他衣服了，褲子在哪，往下摸！」

「快扒下他衣服，讓我看看！」

吼這些話的，大多數是凶殘的娘子軍，當然還有部分性取向非同一般的男士。

嚴歡被人群團團圍住，只覺得自己像是熱鍋裡的螞蟻一樣，都快要被煮沸了！不知道有多少隻手在他身上摸來摸去，摸得他雞皮疙瘩都起來了。就在嚴歡悲嘆自己一時失策，今晚難道貞操不保之時，附近傳來一聲輕咳。

不響，很隨意的一聲，但卻準確地傳到了每個人耳中。

「你們在幹什麼？」

所有人聽見這聲音，不自覺地回頭向出聲的人看去。

有人認了出來。

「是黑舌的吉他手！」

黑蛇？嚴歡混亂的腦子裡想著，又來一個，難不成自己將要多一個難兄難弟？

可是沒想到原本沸騰的人群突然全安靜下來，在這個人出現後，似乎眾人都冷靜下來了。嚴歡雖然感覺周圍的氣氛有些詭異，不過也趁此機會逃脫了魔掌。他剛想感謝這個救他出苦海的恩人，可是見到對方，卻是愣了一下。

「女、女的？」

豎著馬尾的年輕女性挑眉看了他一眼，「你眼睛還沒壞，沒看錯。」

嚴歡一瞬間覺得這個女人似曾相識，在哪裡見過？

「鳴姐，妳認識他？」

女樂手微微頷首，淡淡道：「剛認識，我和他們樂團有些事情要談，可以把他借我一下嗎？」

「當然，當然，嗚姐妳儘管借去！」

「我們不打擾你們了，先撤了，哈哈。」

原本熱鬧的人群突然散去，周圍瞬間寂靜下來，嚴歡有些措手不及。這轉變得也太突然了吧！

只留下自己與那個陌生女樂手獨處，嚴歡不知為何突然有些尷尬，他抓著頭道：「那個，多謝妳仗義相助，我還有事，就先走一步了。」

「你就這樣對待救命恩人？」

「救、救命?!沒有那麼嚴重吧。」

「剛才如果不是我，你現在已經被扒光了。性命和貞操究竟哪個重要？」

嚴歡想了想後果，悲憤道：「都很重要！」

「那不就得了。所以我是你的救命恩人，知恩圖報懂不懂，嗯？」

對方那上揚的語調，讓嚴歡莫名地有種危機感，他雙手護胸，結結巴巴道：

「妳、妳想怎樣？」

女樂手見他這模樣，輕笑一聲。

「放心，我對你這樣的小朋友沒興趣。總之，跟我來就是了。」

說完，不待嚴歡回答，直接轉身就走了。嚴歡站在原地，跟上也不是，留下也不是，最後還是咬一咬牙，追了上去。

他終於想起這女人像誰了！這獨裁的性格，這強勢的語氣，完全就是女版的付聲嘛！

跟著這個陌生的樂手走了不知多久，直到抵達一座無人的小湖邊，兩人才停了下來。而停下來後，對方的第一句話就讓嚴歡錯愕不已。

「你是第一次參加音樂節。」

不是疑問，而是陳述的語氣，猜得很準，讓嚴歡一下子就愣住了。

「妳怎麼知道？」

女樂手轉過身，笑了笑，「剛結束舞臺演出沒多久，敢一個人去樂迷營地的白痴，絕對不會是老手。」

「白痴……」嚴歡對這個稱呼感到不滿，「但妳不是也去了？」

「我不一樣。」對方理所當然道，「我去沒關係。」

這究竟是怎樣的一種雙重標準！

嚴歡又找到了眼前這女人和付聲相似的一點。

「算了，妳找我究竟有什麼事？還有，妳認識我？」

「認識。」女樂手點了點頭，「我也看了你們悼亡者的演出，而且和付聲是老熟人。」

老熟人？嚴歡上下打量著她，臉蛋不錯，身材更不用說，想到付聲向來沒有節操，他的心一下子就提了起來。

「妳、妳和付聲該不會是……」

「想什麼呢？」女樂手嗤笑一聲，像是看透了他的想法，「我是和他有些過節而已。」

她說著走近幾步，對嚴歡伸出手道：「還是正式介紹一下好了。我是樂嗚，黑舌的吉他手。」

「我、我是嚴歡，是悼亡者的主唱，不對，是節奏吉他，也不對……」嚴歡第一次這麼正式地對同道介紹自己，一時有些緊張，說話都語無倫次起來。

樂鳴揮手道：「我知道你是誰，不用再囉嗦介紹了，男人做事別拖拖拉拉的。」

拖拖拉拉……

嚴歡欲哭無淚，只能把鬱悶吞到肚子裡。

「我是有一些事想問你，你們樂團——悼亡者在音樂節結束之後，有什麼打算？」

「打算？」嚴歡想了想，「好像沒什麼打算，這些事我不清楚，都是他們在負責。」

樂鳴先是一愣，隨即自嘲道：「也是，我怎麼會想到問你這個小鬼。」嘆息一聲，「算了，那就麻煩你回去以後幫我問一聲，你們樂團有沒有空參加一次巡迴活動。」

「巡迴活動？」

「別問這麼多，你不懂的，回去問付聲！」

真是個沒耐心的女人，本著好男不跟女鬥的原則，嚴歡默默哦了一聲，「好吧，那沒事了？我要回去囉。」

「等等！這本雜誌，你接著！」

樂鳴突然丟了一本雜誌過來，也不知道她是從什麼地方掏出來的。

「晚上有空的時候，看一看打發時間。」

丟下這句話，她倒是轉身先走了。嚴歡莫名其妙地看著她的背影，捏著手裡的雜誌，心想，這傢伙不會就是為了搶在我前面先走，所以才無聊地喊住我吧？

「哎，女人……真麻煩。」

感嘆完一聲，嚴歡也準備回去了，可是他踏出一步，突然僵住了。

此時四下無人，嚴歡頓了半晌，突然問道：「John，你還記得回去的路嗎？」

「你不記得了？什麼記性？」老鬼斥責他。

「天很黑啊，又是陌生的地方，你就多體諒我嘛。快，告訴我怎麼回去！」

「……做不到。」

「喂，不要這麼不給面子啊。」

John涼涼道：「真辨不到，因為我也不記得路了。」

「……靠，你不早說！浪費我的感情！」

嚴歡抱怨著，不能依靠唯一的外掛，他只能自己開始漫漫尋路之旅。還好這座公園還是有指示牌，不敢問路的嚴歡靠著指示牌，總算是找回了原來的地方。

遠遠地，看見付聲高挑的身影，他健步如飛地跑了過去。

「我，沒、沒遲到吧！」

付聲淡淡地看著喘不過氣的嚴歡，「遲到了一分三十四秒。」

「我不是故意的！」嚴歡哀嚎，連忙辯解，「我是迷路了，而且之前還被樂迷纏上了，差點被他們分屍！我保證，我絕對是想第一時間回來的，可是天不從人願！相信我！」

巴拉巴拉，又是一大段話，嚴歡繪聲繪影地將自己是怎樣被樂迷圍觀的事情說了，不過樂嗚的那件事，他瞞著沒講。

「嗯。」付聲輕輕點頭，「原來是這樣。可是其實你沒必要說得這麼清楚，只是遲到一分鐘，我還不至於這麼嚴苛。」

嚴歡張著冒煙的喉嚨，惱火地看著他，眼神裡飛出利劍。

那你為什麼不早說！

「你沒給我機會說。」付聲看破他的心聲，輕描淡寫地回道，突然瞄到嚴歡手裡抓著的東西，眉毛一挑。

「這是哪來的？」

「什麼哪來的？哦，你說這啊！」嚴歡拿出雜誌，「剛才有……悠哉悠哉地亂逛的時候，在地上撿到的。」

下意識地，嚴歡覺得千萬不能將樂鳴的事說出來。

「是嗎？」付聲不知是信了還是沒信，接過他手中的雜誌翻了起來。翻開第一頁，就皺眉。

嚴歡看見了他的表情，好奇道：「怎麼了？」

「看到不想看到的臉了。」付聲「啪」一聲將雜誌拍回他手裡，「你老實呆著，我出去轉換轉換心情，嘖。」

聽見付聲明顯地嘖了一聲，嚴歡更好奇了。

究竟是怎樣的人物，讓付聲只是看了一眼心情就差成這樣？

他翻到付聲剛剛看的那一頁，抬眼看去。

——我靠！

這不是熟人嗎！

只見剛剛分別沒多久的樂鳴，正在雜誌上，一臉陰鬱地看著他。她的眼神，比付聲剛剛露出來的還要惱火，似乎是不擅長應付這種拍攝。

再一看標題——

**本土聲勢最大女子樂團黑舌！論團長樂鳴的扭曲個性與樂團風格的關聯。**

靠，取這麼欠扁的標題真的沒事嗎？

嚴歡好奇地翻到封面，想要看看這究竟是什麼雜誌。

黑色打底的封面，正中是一隻緊握的拳頭，青筋暴起，帶著彷彿要擊破些什麼的氣勢狠狠揮出。

而最上面則是幾個紅色大字——**《我愛搖滾樂》**。

這是一本銷量最大，也最權威最專業的國內搖滾音樂雜誌。樂迷中無人不知無人不曉，堪稱本土的搖滾聖經。

——以上這些，都是事後嚴歡才從別處知道的。

現在，他只是隨意地翻閱了一頁，渾然不知自己翻開的這本雜誌，其實是無數人的理想。

一個掙扎著、卑微著，卻又獨自傲慢地在泥濘中攀爬的理想。

# 06

## #Pray it out

## 全國巡演

向寬走過來的時候，就看到嚴歡蹲在地上，手裡翻著一本雜誌看得津津有味。

「你在看什麼？小黃書？」

壞笑一聲，向寬從嚴歡手裡奪過書，迫不及待地翻了起來。看了幾頁，有些失望地說：「什麼啊，原來是在看這個，而且還是上個月的，這個月的新刊都快出來了。沒意思！」

嚴歡接過他丟回來的雜誌，連忙問道：「你們也看這個？」

陽光此時正從向寬身後走過來，聞言，抬眼瞥了一下，「偶爾會翻一翻吧，不過嚴歡，你不要看太多比較好。」

嚴歡一臉困惑，「什麼意思？這本雜誌不行？」

「思想有些過於前衛，怕現在的你還接受不了，而且有時候上面也會有些你無法忍受的東西。」向寬拍了拍他的肩膀，語重心長道，「看了這本雜誌，也許你就會發現搖滾樂的世界並不像你想像中的那麼美好。」

「我早就知道它不美好了，不就是有人會吸毒之類的嗎？」

「呵！這你可就小看它了，人多的地方就是江湖，何況玩搖滾的大多是激進青年。」向寬擠眉弄眼，「太多的事情你不懂啊，不，你還是永遠別懂比較好，不然付聲可要揍人了。」

「關他什麼事？」嚴歡嘀咕著，翻著手中的雜誌，「可是我看了看，上面介紹的一些國內外的樂團，內容挺專業挺認真的，沒什麼不好的啊。」

「啊！那是幸虧你沒往後面翻，有時候這本雜誌上會刊登一些與搖滾樂無關，但與搖滾有關的事情。那可能會挑戰大眾的思維。」

嚴歡迷惑了。

「與搖滾樂無關，但是與搖滾有關，你在說什麼繞口令啊？」

「哼哼，這你就不懂了吧，世上很多人是將搖滾和搖滾樂分開的，類似的還有搖滾精神、搖滾革命性等等。哎呀，不說了，說多了我自己也要繞暈了。」向寬道，「我這麼跟你說吧，有時候你會在上面看到一些自己無法接受的觀點，有時候你會覺得它描述的社會現實太黑暗，讓你無法接受。甚至，我不記得是哪一期了，《愛搖》上刊登了世界十大流行毒品，還詳細介紹了它們的製作方法和使用效果，這你能接受？」

嚴歡瞪大眼睛。

「毒、毒品！那是這麼容易就能製作出來的嗎？」

「嘿，你不知道了吧，有時候人類的排泄物都能製作出最簡單的毒品。」向寬想到什麼，連忙住嘴，「好了好了，我不跟你說這些，免得被某人說我又要把你帶壞了。」

「但是毒品也太……」

「嚴歡，在你看來，搖滾樂是什麼？」陽光突然這麼問。

嚴歡一愣，看他認真地等待自己的回答，於是道：「大概是一種精神的宣洩和寄託吧。」

「是啊，很多人也將毒品或者是麻醉藥品看成是他們的寄託。有一種共識是，喜歡毒品帶來的那種恣意快感的人，也都會喜歡上搖滾樂，因為它們之間有某種共性。」陽光道，「我這麼說不是為吸毒者辯解什麼，只是想告訴你，有時候不要僅憑表象來看待事物，也許有你不知道的內因在裡面。」

嚴歡總覺得他話裡有話，想再追問，但是又感覺現在的氣氛不適合開口。再說，就算問了陽光也不一定會回答。

「那……」他舉了舉手中的雜誌，「我究竟還能不能看啊？」

「看吧。」陽光道，「對你來說，這是一個獲取圈內資訊的途徑，也能補充一些常識。不過要在付聲的監督下看。」

「付聲、付聲，怎麼每個人都跟我提付聲……」嚴歡不滿地嘀咕道，「那我要去哪裡才能買到？以前在學校前的書店好像沒看過這本雜誌。」

「啊，這個啊，《愛搖》很少能在書店買到。」向寬道，「因為內容太過張揚的原因吧，它不算是正式出版刊行的雜誌，你只能聯繫他們郵購，或者是去網路上買。」

原來是這樣，怪不得自己以前都沒看過這一類的雜誌，想想向寬剛才說的《愛搖》的偏激內容，嚴歡了然，這樣的雜誌，能正式發行才怪了！

「好了好了，下次你要看，等新刊寄到以後把我的給你看。」向寬拍了拍他的肩膀，「找你們半天了，付聲呢？剛才見你時間到了還沒回來，他說出來找你。」

「找我？」

「是啊，嘖嘖，你沒瞧見他那臉色，黑得跟炭一樣，我說不就遲到這麼一下子嗎，等一下你就回來了。他偏偏坐不住，一定要出來找你。」

原來這才是事情真相？

想起剛才自己遇見付聲時，他那故作冷淡的神色，嚴歡不知為何，突然覺得有些好笑。連他自己也沒注意到，此時心裡飄起的一絲絲得意。

「他剛才出去透氣了，說是心情不好。」

「啥？都找到你了，還心情不好？」

說起這個，嚴歡倒是想起正事來了。付聲心情不好是因為在雜誌上看到了樂鳴，而樂鳴說她和付聲是老熟人，這兩人之間究竟有什麼過往？

不對不對，該想的正事不是這個！而是樂鳴交代自己的事。

「那個，我剛才遇到了一個樂手。」嚴歡尋思著如何開口，「她說想要問問我們接下來有沒有時間？」

因為讀音都一樣，向寬第一時間沒有聽出嚴歡提起的是個女性。

「嗯？他要和我們樂團合演嗎？」

「好像是吧。」嚴歡不太確定地點了點頭，「我只聽她說，要全國巡迴什麼的……哎？你們怎麼不說話了？」

說完上句話後，嚴歡發現現場詭異得安靜，不僅是向寬，就連陽光都直勾勾地看著他。

「你剛才說什麼？」

「就是有人問我們要不要一起全國巡……」

「啊啊啊啊啊啊！我是幻聽吧！你再說一遍、再說一遍！」向寬抓住嚴歡的手臂拚命晃動，似乎是不敢相信自己的耳朵。

「哎，你別搖，我頭暈、暈——」

「嚴歡，你確定你沒聽錯?!」

「暈……」

「真的是巡演，還是全國的?!」

「……」

就在嚴歡快要被向寬晃得暈過去時，魔王大人終於回來了，付聲看著摟在一起的嚴歡和向寬，皺眉。

「你們在幹什麼？」一回來就帶著一身低氣壓，成功鎮住了興奮過度的向寬。

終於擺脫桎梏了！嚴歡連忙溜到付聲身邊，從來沒有像現在這一刻，這麼感謝付聲的出現。

「付、付聲！你聽我說，嚴歡這小子不得了，一出門就幫我們拉了一椿大好事回來！你知道是什麼嗎、是什麼嗎？你猜！」

付聲皺眉看著向寬，「是不是要我讓你冷靜下來，你才能正常一點說話？」

被他這麼斜眉一看，向寬發熱的大腦很快就冷卻下來了，不過興奮仍然未退。

「你自己問嚴歡吧，他剛剛說，有一支樂團邀請我們一起全國巡演！這可是巡演啊，還是全國的！」

付聲聞言，回身看向嚴歡，「他說的是真的？」

嚴歡連連點頭，「這個，我沒想到向寬會這麼激動。」

「他是該激動。」付聲淡淡道，「因為他以前的樂團，從來都沒有全國巡演的資格。」

「能去巡演很厲害嗎？」

「一般般吧。」付聲不在意地回答。

嚴歡默然，他錯了，他忘記這個人在圈內的稱號了，對於付聲來說，一般樂手望塵莫及的事，他都已經習以為常了。於是，他只能將目光轉向陽光。

「說起巡演，有點懷念呀。」陽光笑咪咪道，「我記得參加的最後一次是東亞巡演，那倒是滿有意思的。」

嚴歡還來不及說什麼，另一頭的向寬已經淚流滿面。

「畜生，兩個畜生，知道你們屌，也不用這麼打擊人……嗚嗚，我就是沒有巡演經歷的小透明，我就是一點名氣都沒有的小鼓手。嚴歡，求安慰。」

嚴歡想了想，安慰道：「寬，不要太傷心了。你想，我都十八歲才第一次有全國巡迴的機會，比別人差好多。」

他這裡指的別人，自然是此刻在他腦內默默偷笑的老鬼。

「十八歲……」向寬木然地看著他，「嚴歡，你知道我今年已經二十五了，你是故意的吧。」

嚴歡瞬間意識到自己的失言。

「不不，這個，人有不同，年齡什麼的完全不重要！」

「是嗎？從十八歲的少年口中聽到這句話，我真的是好——開心啊。」向寬的表情已經有向怨婦轉變的趨勢。

就在嚴歡手忙腳亂，不知道該怎麼收拾自己捅出的簍子時，一個差點被他遺忘的問題，被付聲問了出來。

付聲盯著他，幽幽地問：「那個邀請我們一起巡演的樂團，叫什麼名字？」

「呃……」

嚴歡看了看自己手中快被揉爛的雜誌，有一瞬間覺得，自己還是啞巴比較好。

樂鳴背起吉他，準備和樂團的其他成員一起離開。她們已經結束了這次的演出，接下來還有別的事情要安排，不會在迷笛音樂節多待。

這時候，卻聽到有人在背後喊她，回頭看時，發現竟然是一個意想不到的人。

她看著那個慢步走過來的高挑男子，挑眉，「沒想到，你竟然會來找我。」

「那是因為妳的想像力太匱乏。妳本來就是個無聊到極致的人。」對方毫不留情地嘲諷。

樂鳴卻不以為意，因為她知道，能讓這個傲慢的傢伙主動找上門來，在某種程度上自己已經勝利了。

「所以呢？你來找我這個無聊的傢伙做什麼？閒聊？看看我現在過得淒不淒慘？還是有別的什麼事？」

付聲看著這個女人，打從心底不想和她多打交道。

煩，太麻煩，這是個難纏而且很難糊弄的傢伙，和只知道倒貼上來的那些骨肉皮不同，這個女人若是不留神，可是能把對方吃得連骨頭都不剩——另一種意義上的。

付聲很討厭和這樣的麻煩人物打交道，可是這次他卻不得不來。

樂鳴看出他的不耐煩和些微的暴躁，也不再逗弄，笑道：「是來問全國巡演的事情？」

「是，我不想廢話，妳直接告訴我這次巡演是由誰組織，贊助方是誰，有哪些樂團？」

「這麼好說話？我還以為你會問也不問就直接拒絕掉。」樂鳴驚訝道，「你不是一向不和討厭的傢伙合作嗎？」

妳還知道妳自己是個討厭的傢伙？付聲白了她一眼。

「不要問多餘的事，回答我的問題。」

「呵呵，我知道了。」樂鳴突然笑道，「是為了那個男孩對不對，是不是因為他很想來，所以你才沒有拒絕？你很看重他啊。」

被人戳破心事讓付聲有幾分不快，臉色更沉了些。樂鳴見狀，知道自己也不好繼續逗他。

「好吧，和你說正經的！」她放下手中的吉他盒，一隻手撐在上面，「這次的巡演是由我組織的，算你們悼亡者在內，目前只有三支樂團。」

付聲眉毛一動。

「而且也沒有贊助，經費完全自籌。說白了就是走到哪唱到哪，車費住宿完全靠演出的收入來填補。換句話說，就是如果沒有人看我們的演出，那就只能立刻打道回府了。」

「妳這種巡演一點規畫都沒有。」付聲道，「看來我不需要再考慮要不要參加了。」

看見他轉身，樂鳴在背後不慌不忙地輕聲道：「怎麼，你怕了？」

付聲腳步沒有停，樂鳴也繼續道：「背後沒有人支持，完全只靠自己，這樣的巡演，對於以前在夜鷹過慣大牌日子的你來說，是完全陌生的一件事。也難怪你會怕。」

這位強勢的女樂手輕笑起來。

「這種完完全全靠實力來決定是否能繼續下去的巡演，你不敢嗎，付聲？」

走在前面的人突然停下腳步。

「不敢試試自己究竟能走多遠，不敢考驗自己樂團的能力。」樂鳴道，「只能在贊助和金錢的力量下前進，這還算是搖滾嗎？」

付聲微微側頭，看著那個女人。

「這樣圈在溫室裡的音樂，還是那個可以為所欲為、跨越世界的搖滾樂嗎！」

她抬起雙眸，其中閃爍著強烈的光芒。

「你說呢？付聲。」

「啊啊啊！究竟會怎樣啊！」

嚴歡在原地不停地來回打轉，「付聲出去這麼久了，還沒回來，他們兩個人不會是打起來了吧？」

向寬在一旁寬慰道：「不會，別看付聲那個樣子，其實他還是很紳士的，不會打女人的……吧？」說到最後，連他自己都不禁懷疑起來了。

付聲是個怎樣的人，付聲的脾氣如何？

有人會說他沉穩可靠，也有人見識過他暴躁狠戾的一面，對於這樣隨心所欲、心情莫測的人，想要揣測他的行為根本就是一件不可能的事。

「打起來是不可能，不過倒是有其他可能。」

嚴歡和向寬齊齊看向出聲的陽光，問：「什麼可能？」

陽光道：「那要看他們究竟是什麼關係。如果他和那女人是舊情人關係，那這麼久的時間就有死灰復燃的可能……」

「死、死灰復什麼？」嚴歡掏了掏耳朵，「我好像沒聽清楚。」

陽光笑看他一眼，繼續道：「不過，如果他們之間的關係不太好，那麼也不排除暴力事件的發生。」

「什麼！可是你剛才不是才說不可能打起來？」嚴歡抗議。

「付聲想要幹什麼，就連我也難以預測。說實話，就算他們想打起來也不可能，這裡可是有巡邏的保全。」陽光逗完嚴歡，總算是正經起來，「不過這麼久都不見他回來，應該是在問巡演的細節吧，這就說明……」

「說明？」嚴歡瞪大眼，向寬也豎起耳朵。

陽光看著他們這副期待的樣子，實在很想賣個關子，可是還來不及實施，正主就回來了。

「巡演。」付聲一回來就直指重心，「下個月五號開始，從現在起，每個人都要做好準備。」

話音剛落，向寬幾乎都要懷疑自己的耳朵。

「英雄，他、他剛才說什麼？」他問嚴歡。

「勇士！我好像也幻聽了……」其實報出樂鳴的團名時，嚴歡沒有抱太大的希望能去參加巡演，畢竟付聲的態度顯而易見。

「我們是在做夢嗎？」兩人齊齊握手，看向對方。

付聲走過來，輕哼一聲，腳下用力一踩。向寬立刻跳起來，抱著腳嗷嗷直叫。

「付聲！你幹嘛踩我！」

「來幫你證明你不是在做夢。」

「那為什麼是我不是嚴歡，偏心啊！」

付聲輕瞥了他一眼，像是在說我就是偏心，你能怎樣？

向寬見狀，只能委屈地躲到角落去種蘑菇，真是打落牙齒也混血吞。

「這次巡演的時間可能很長，告訴你父親，讓他多替你請一段時間的假。」付聲不理會向寬，轉頭對嚴歡道。

「長？是很長時間的巡演嗎，多久，一個月？」嚴歡好奇地問。

——巡演能持續多久，在於我們能吸引樂迷們多久。

付聲此時想起了臨走時樂鳴的那句話。

——如果我們的搖滾有足夠的美麗，這場巡演才會更加持久。

哼，時間，那還用說嗎？

付聲開口：「總之，你做好長期抗戰的準備。」

「什麼？」嚴歡不明所以。

「這次的巡演，我會讓它越來越久，直到我們想結束為止。」

嚴歡此時還不明白付聲這句話的意思，而等他明白過來，已經是很久以後的事情了。

能在搖滾的路上走多久，完全在於你的音樂能有多大的魅力！

這是搖滾樂的箴言。很久以後嚴歡才明白，無論在世界的哪個地方，這都是無比正確的公理。

無論在哪，讓樂手能夠一直生存下去的，只有搖滾樂。這是他們心中追逐的夢想，一旦停步就只有死亡！

迷笛音樂節事畢，悼亡者要一起參加這次全國巡演的事，就這麼敲定了。

離開迷笛的那晚，嚴歡坐在空曠的夜色中看著天上的星辰。他接下來要去的地方，也是這片星空下的某個角落吧。

在那裡，他會與更多的人相遇，會遇到更多的故事。

然後，聽到更多的歌，創作更多的歌。

那是他們的搖滾樂！悼亡者的音樂！

嚴歡突然從石頭上跳了起來，跑進黑暗中。

全國巡演！

他直到這一刻，才有了真實的感受。他終於也要像世界上曾經閃耀過的那些樂團一樣！在自己所愛的這片土地上，傳播他的搖滾夢想！

他一心追求的夢啊！要讓所有人好好看著的夢！

來了！

# 07

## #Pray it out

## 記得喚醒我

夏日炎炎，毒辣的日頭晒得人渾身乏力，哪怕只是移動一根手指都不願意。而在這樣的天氣裡，還要在外面工作奔波的人，更是有苦難言。一天下來，身上光汗水蒸出來的味道，就足以將人熏跑十幾米遠，更別提被晒得快要中暑的難受感了。

車子在一條偏僻的公路旁停了下來，暫作休息，嚴歡也終於可以從那悶得像三溫暖的車廂裡解放出來了。

「車上的冷氣什麼時候才能修好？」

他拎起領子抖了抖，努力讓肌膚與空氣有最大面積的接觸，然而即使是這樣，接觸到的空氣也是悶熱得令人窒息，根本無法產生涼爽的感覺。

「這個嘛，該怎麼說？」

與他同車的一個男人思量起來，他是阿凱，是這次結伴而行的另一支樂團的主唱。

「我們這輛車的空調壞好久了，但是好像一直都沒有想過要去修……」

「哎?!」嚴歡驚訝，「那夏天和冬天怎麼辦？」

「哈哈，冬天的時候擠一擠就不冷了，夏天嘛，在路上開快一點自然就有風，這就不需要花錢的車載空調了，多好。」阿凱很魯蛇地大笑道，「反正就我們這樣的老爺車，也不知道什麼時候會散架，修也沒有意義。」

「什麼老爺車！你懂什麼？」正在引擎蓋下忙碌的一個男人突然探出頭來，瞪著阿凱，「這車款、內裝，還有很多地方，都是限量版獨有車型，你懂個屁！別看它現在這麼貌不驚人，當年可是一個大美人！」

「是、是，所以你就花了樂團的錢，買了這麼一輛被淘汰的大美人，害我們走十公里就要停下來修車。」

阿凱毫不在意地回嘴，被他駁斥的男人哼了聲，繼續鑽回去喬車子了。

這男人叫傅斌，是阿凱的團員，和向寬同為鼓手的他，脾氣倒是暴躁很多，但是在大多數時候，阿凱說他還是比較靠得住，是個值得相信的伙伴。在嚴歡的印象裡，似乎鼓手就應該是這樣，有熱烈也有沉穩的一面。

相比起來，向寬就內斂許多，雖然有時候會中二嬉鬧，但完全沒見過他感情劇烈起伏的模樣。就像是一碗水，總是平平淡淡，沒有太多的味道。

說起來，向寬和付聲他們是在後面那輛車上吧，怎麼還沒跟上來？

嚴歡想著，踮起腳尖向來路看去，可是除了茫茫的煙塵和被太陽蒸發出來的水汽，其他什麼都沒有。

「也許路上有事耽誤了。」阿凱道，「我們先在這裡坐坐好了。」

兩人丟下還在修車的傅斌，躲到路邊的陰涼處去。

他們這三支樂團一共有十三位樂手，再加上一個臨時助理，共十四人，擠在三輛車上，還要載樂器，尤其是爵士鼓又特別占空間。

嚴歡坐的這輛車只載三個人，其餘載的都是器具，這還算是比較好的情況。聽說有的車一共擠了七個人，像沙丁魚罐頭一樣。

「喂，嚴歡，聽說你是自己把付聲拉進樂團的？」

兩人坐定後，阿凱就開始八卦起來了，「究竟是怎麼回事？他當時有沒有擺臉色給你看？你不知道，聽說付聲竟然進了這麼一支小樂團，圈內所有人的下巴都掉下來了。」

「哪有那麼誇張。」

「絕對是晴天霹靂！你想付聲連夜鷹都甩了，卻跑進你們的小樂團，這不是很不可思議嗎？我們都在懷疑他是不是中邪了……」

嚴歡滿臉無奈，喂喂，那支不起眼的小樂團的團長可正坐在你面前，說話不要這麼直接好不好？

阿凱繼續催促道：「快說說！你究竟是怎麼把付聲騙進樂團的？」

實在是耐不住他的糾纏，嚴歡只能老實地將來龍去脈一一道來，連當初和付聲定下的賭約也沒有漏掉。可是說完了之後，阿凱反而更加不敢置信。

「就這樣？這麼簡單？」

「還要怎樣，這還不夠嗎？」嚴歡反問。

「我只是覺得奇怪，以付聲那個喜歡刁難人的性格，竟然給你設這麼容易的考驗。而且最奇怪的是他竟然還沒有翻臉不認，真的進了你的樂團！」

「……他偶爾也是說話算話的。」

「哈哈，你也說了偶爾，偶爾嘛！就是因為不常見，所以才叫奇跡呀。」

嚴歡望著沒有人煙的馬路盡頭，心底默默道：付聲，這可不是我在說你壞話，而是你在群眾心中的真實形象。

「唉，不過像他那樣有才華的人，脾氣古怪一些大家也不會說什麼，反倒都認為是應該的。」阿凱說著，突然嘆了口氣，「而像我們這種還在溫飽線上掙扎的小樂團，就只能尋找一切機會增加知名度。哪怕是多一個人也好，想讓他聽見我們的音樂。」

嚴歡側頭看著他。阿凱初中畢業就出來打工了，一邊工作一邊堅持組樂團。因為有很多不穩定因素，他經常在各個樂團間流動，而認識傅斌和現在的團員則是半年前的事情。直到那個時候，一直像浮萍一樣飄蕩的他才沉靜下來。

阿凱和傅斌現在所屬的，是一支嚴歡沒有聽過團名的樂團，而據向寬所說，在全國像這樣默默無聞的樂團還有成千上萬。

這些人都和阿凱一樣，抱著一個樸素而又難以實現的夢想，每天都在竭盡一切朝它努力著。哪怕只是近一步也好。

但是就算再努力、再拚盡一切，絕大多數人依舊一輩子都無法實現自己的夢想。在到了一定的年齡之後，只能迫於現實不得不放棄這個幻滅的夢，從此踏上與搖滾毫無關係的另一條路。

能夠繼續從事搖滾相關工作的樂手少之又少，而能夠靠樂團吃飽飯的樂手，更是千不足一。

至於最後走上世界舞臺、成為被歷史銘記的樂團，那只能是鳳毛麟角。

現實太殘酷，競爭太殘酷，哪怕曾經付出一切努力，失敗卻往往是大多數樂手必須面對的最終結果。

綻放在懸崖的搖滾之花，能夠摘到它、目睹其美麗的人，只有被上帝寵愛的幸運兒。

「我的年紀也不小了。」阿凱嘆息道，「這次巡演結束，不論是成功還是失敗，我都要放棄搖滾樂了。」

「哎？」嚴歡訝異道，「為什麼？」

阿凱笑著揉了揉他的腦袋，「因為還有太多的事情。我的人生不是只有搖滾而已，還有作為一個兒子、一個父親、一個丈夫的責任。」

「哎哎哎哎哎！」

「哈哈，沒看出來吧！別看我這樣，其實我兒子都已經五歲了。給你看，這就是我兒子的照片，可愛吧？」

看著阿凱獻寶一樣掏出的照片，上面有一個背著小吉他的可愛男孩，在他旁邊有一個相貌平平的女人，那應該就是阿凱的妻子。

「我已經想通了，前二十七年，就當做是為我的夢想而活。但是人不能太自私，所以在這次巡演結束之後，我決定為我的家人而活。」阿凱收起照片，臉上帶著幸福兼苦澀的笑容，「而這一次巡演，就當做是最後圓夢的告別式吧。」

嚴歡心裡不知是什麼滋味，有些難過。

「那……傅斌哥怎麼辦？」

「他啊，你別看他那個樣子，其實他心裡早有規畫。我退團以後，他應該還會繼續下去吧。或許是另外找個主唱，或者是去別的樂團客串。不過這傢伙比我有毅力多了，他一定能堅持到看到希望的時候。」

阿凱看著嚴歡，笑道：「而你！你這小子可比我們幸運多了！年紀輕輕就有一群這麼好的團員，前途不可限量啊。」

他使勁地揉亂嚴歡的頭髮，「有時候我都在想，我們這些平凡無奇的傢伙，是不是生來就是幫你們這些天才做墊腳石的？也許我們存在的意義，就是為了襯托出你們的優秀。啊啊，想想可真不甘心。」

他的臉色暗淡了一秒，但很快又振作起來。

「可是，這就是命吧。有些人生來就該站在全世界的舞臺上，而有些人就只能站在黑暗的角落，默默無聞一輩子。每個人的命運都是早就註定好的。」

「才不是這樣！」

嚴歡突然甩開他，站了起來。

「說什麼命啊運啊！完全是自欺欺人！」他狠狠地盯著阿凱，「而你們也不是什麼墊腳石，沒有誰生來就是別人的陪襯。」

「你這小子，」阿凱錯愕道，「這麼激動幹什麼？我又沒有怪你什麼……」

「我當然要激動！我才奇怪你在想什麼?!」嚴歡激動道，「什麼世界的舞臺不屬於自己？什麼最後的告別？說得好像一切付出都沒有意義了一樣。

「你看！」他指著停在路邊的車，「就像這輛車，雖然老舊破敗，但是傅斌哥一樣把它當做寶貝不是嗎？你把自己的努力和奮鬥說得毫無價值，就連巡演也是，還沒開始就打算結束了。這樣當然不會有什麼開始！

「你自己都沒有力氣繼續在這路上奔跑了，還怎麼到達終點？而且不要擅自替傅斌哥打算，你擅自拋棄他，又自以為是地決定他以後的道路。可是你難道不知道，其實他們最想和你一直走到終點。不是別人，只是你！」

「可是……車壞了啊。」阿凱呢喃，「不是我不想走，而是車已經壞了，不能再繼續下去了。」

「這種時候，想那麼多做什麼？」嚴歡走到馬路中央，看著遠處緩緩駛來的一輛車。

等到近處，才發現是車隊的另一輛車，載著其他的人和修車的工具遠遠趕來。而向寬和付聲也都在那輛車上，給這迷途的人帶來希望的車。

「當然是等待車修好啊。」

嚴歡看著跟自己打招呼的向寬，揮了揮手，回頭道：「然後等一切準備就緒，我們要做的就只有一件事。」

「嗯？」

「上車走人！」

漫無邊際的這條路上，即使感覺寂寞，即使感到疲憊，但是在執著追求的人們心裡，也永遠只有一個念頭。

前進，前進，前進，一路向前！

直到奔跑到那個最終，最遠，最期待的夢想地！

距離第一場巡演地還有不到一百公里。

那就是他們的第一站。

噠噠噠，噠。

一個小寶寶溜過去了。

「啦啦啦，啦。」

一個小女孩跳著過去了。

碰碰碰，嘭！

嚴歡盯著剛才那地動山搖般走過去的壯漢，扭過頭來，面無表情地問：「這哪？」

「演出場地啊。」

「哪裡的演出場地？」

「我們第一次巡迴演出的演出場地啊。」

「啊啊啊，我就是問這算是哪門子的演出場地?!」嚴歡忍無可忍地仰天咆哮。

就在他仰天的這片刻時間，旁邊一位阿姨牽著一對雙胞胎小男孩路過。

「馬麻，那個葛格在幹嘛？他脖子痛嗎？」

「不要看、不要看，我們趕快走，小心這個哥哥等一下轉過頭來把你吃掉。」

阿姨牽著兩個男孩一溜煙地跑走了，旁邊又路過一位阿公，看著嚴歡樂呵呵道：「運動啊？運動脖子啊？呵呵，好，運動好啊，年輕人。」

說完，老人家扭著腰抖著手臂又走過去了。

嚴歡慢慢地把頭擺正，欲哭無淚。

「這是哪門子的演出場地……」

在以他為中心的半徑十米內，有一個賣棉花糖的攤販、一個賣冰糖葫蘆的攤販，還有一個賣揑麵人的攤販。在他周圍百米半徑內，聚集了老幼婦孺不少於百人。所有人全都聚集在這個占地不足五百坪的小公園，宛如一座熱鬧的市場。

「演出場地啊。」向寬搬下爵士鼓的配件，擦了一把汗道，「你還要問幾遍？」

「接受事實比較好，嚴歡。」阿凱從一旁走過來拍了拍嚴歡的肩膀，「學會面對現實的殘酷吧，兄弟，這座破爛公園就是我們的初演地了！」

這座上世紀八〇年代興建的市民公園，與其說是公園，不如說是一塊綠地空間。被周圍一圈四五樓的公寓團團圍住。這塊僅剩的綠地，每天都有來來往往接送孩子上學放學的家長，還有來公園裡鍛煉健身的老人。

而這樣一個與搖滾豪不搭調的地方，就是嚴歡他們全國巡演的第一站——一座無名小鎮的無名公園。

其他人都已經在搬運器材了，爵士鼓大大小小就好幾十件裝備，還有音箱、音響等等，一大堆從未見過的器具出現在這群小鎮居民眼前，引來了不少人好奇的視線。

嚴歡看著那些阿公、阿嬤、大叔、大嬸對自己這一行人指指點點，深深地覺得，比起搖滾樂團，他們現在更像是街頭賣藝的。

「拿著！」

阿凱丟過來一片手鈸，就是爵士鼓上那些扁平的金屬圓片之一。

「等一下要是有人捧場，就去跟他們收些演出費。」

嚴歡堪堪接住，聽見這話差點連手鈸都要掉到地上。

「還、還真的是賣藝？」

「哈哈，你要是這麼想的話，其實也沒啥不對。」阿凱笑呵呵地，轉身就去忙自己的事情了。只留下嚴歡一個人站在原地，手裡拿著手鈸，再一想到要去向圍觀者乞討演出費，頓時連逃跑的心都有了。

他抬頭四處張望著，想要找個人來一施援手，可是見到的所有人都在忙碌，就連付聲和陽光也都在和其他人嚴肅商談著什麼。一圈看下來，嚴歡發現好像就只有自己是最閒的那個，哪好意思再去麻煩別人。

就在他不知所措時，手機響了，嚴歡手忙腳亂地接起來，看見來電提示後更是緊張了一陣。

「哈、哈囉？」

「Huan!」手機裡傳出歡快的聲音，震得嚴歡耳朵一聾。

「呃，嗯嗯……是我，不對，I am……哎，怎麼說來著？」

電話那頭，貝維爾斯毫不介意嚴歡破爛的英語，一個人說得起勁。

「你在那邊幹什麼呢？歡，幾天沒聯繫，跟你說，我們已經準備回國了哦，下次邀請你來英國演出吧。」

「英國？」其實嚴歡在一大堆話中，只聽出了這麼一個單字。

「是啊，來英國！」貝維爾興奮道，「到時候邀請你和我們一起演出，在英國的音樂節演出！對了，你在哪？」

「我……我在……」嚴歡想了半天，「A town, we will sing for the people, uh……」

兩個人完全靠嚴歡半吊子的英語交流著，但是貝維爾竟然神奇地聽懂了，他讚嘆：「全國巡演！多麼羨慕你們！歡，那一定是件很快樂的事情！」

嚴歡看著手中的破手鈸，「……還好吧。」

「你想想，能讓你們國家那麼大一塊土地上、不同地方的不同人都聽到你們的歌，這不是一件很讓人興奮的事情嗎？」

「嗯。」嚴歡想想，好像也覺得貝維爾說得挺對的。

兩人又繼續磨磨蹭蹭地聊起來。

「什麼！你們沒有贊助商？」

「是的，完全靠自己。」

「Cool!」貝維爾回頭說了一句什麼，嚴歡聽不太清楚，只大概能猜到是在和他的樂團伙伴們宣揚這件十分酷的事情吧。

這麼一想，他剛剛消極怠工的心情也變得好了許多，至少能讓一支來自另一塊大陸的樂團羨慕嫉妒，這讓他找到了一些這次巡演的意義——做到別人不敢或者是不能做的事情，總是會讓年輕人沾沾自喜的。

「下次再見面的時候，你們一定會變得更加出色！期待和你再次會面，歡！」

「我也是！」

掛斷電話的時候，嚴歡的一臉愁容已經變成了滿面笑意，連帶著，對於街頭賣藝這個工作也不怎麼排斥了。

付聲走過來的時候，看到的就是他一副傻兮兮的笑容。

「看起來你很滿意？」

「呃，嗯，滿意啥？」嚴歡抬頭，不解地看著他。

「我本以為你會不樂意接受阿凱交給你的工作，但是看情況，是我多想了。」付聲道，「既然你這麼開心，就好好準備吧。第一首歌就要開始了，討錢的，準備上工吧。」

付聲頭也不回地走了，弄得嚴歡莫名其妙，他來這一趟是想幹什麼？就為了奚落自己一頓？

另一頭，阿凱看見付聲走了回來，捧著肚子笑道：「你跟嚴歡解釋清楚了吧，我真的只是跟他開玩笑，他不會真的信了？街頭演出還要跟觀眾收錢什麼的……哪來的這回事啊，哎呦，我的肚子。」

「嗯。」付聲淡淡應道，看著不遠處的嚴歡，「我都說清楚了，讓他好好完成這份工作。」

「嗯，呃，啊??」

不理會阿凱的呆立，付聲抱臂站著，想著剛才嚴歡接電話時那開開心心的表情，心裡依舊很不爽。

所以對於惹惱他的嚴歡，給予這麼點小小的懲罰，也完全不過分吧。

嚴歡站在角落，拿著一片手鈸站著，他看到沿著公園的石臺臨時搭起的舞臺上，已經有一支樂團站上去了。

是黑舌，樂鳴的樂團，那位女樂手看到嚴歡，還對他挑了挑眉。

嚴歡心底一顫，帶著比較複雜的心情期待著她們的演出，而周圍看到這副架勢的公園散步群眾，也都多多少少地聚攏過來。其中百分之八十以上都是白髮蒼蒼的老人，還有一些懵懂的小孩，和帶著小孩忙碌的家庭主婦。

這樣的觀眾群體，真的會欣賞他們的搖滾嗎？會不會只覺得是一種毫無意義的噪音，會不會一點都無法理解他們的音樂？

嚴歡帶著緊張的心情期待著，而在這晚風蟬鳴中，黑舌敲響了她們的第一道音符。

樂鳴抱著紅黑色的吉他，輕輕撥弄著，幾道輕緩的吉他聲，隨著晚風吹來。

然後，便是另一名紅髮女孩輕輕啟唇。

長髮被風吹起，她雙眸低垂，歌聲便如此傳來。

「**夏天來了又走**

**那份純真永遠不會持久**

**九月過去時**

**記得喚醒我**」

在女孩輕柔低緩的歌聲下，貝斯聲也隨之融入，鼓聲鳴響，敲動出一下一下的節奏，就像是夏天的池塘中，從荷葉上滴落的水珠。

**啪嗒**。輕輕一下，卻掀起整片池面的波瀾。

「Summer has come and passed

The innocent can never last

Wake me up, when September ends
**就像父輩們來到這世上是爲了離開**
**七年時間過得如此之快**
**九月過去時**
**記得喚醒我」**

中英交錯的歌詞，帶著女聲的低語敘述，即便是路旁這些老人小孩，也可以聽懂歌聲裡的淺暖夏意。

以及伴隨著那夏之終去的，難以言喻的情感。

**「這裡又下雨了**
**從星星緩緩落下**
**痛苦被浸溼了**
**成爲眞正的我們**
**但是卽使隨著記憶停歇**
**我也永遠不會忘記我曾失去的**

**九月過去時**

**記得喚醒我」**

致夏末之雨，那告別的燦爛季節，那終將離開的季節。

與男子搖滾樂團不同，這支女子樂團，彷彿將歌曲中的情感化作有形之物，傳送到臺下每一個老人、孩子、家長的耳邊。

他們瞪大眼睛，高高抬起脖子，聽著這對於他們來說新鮮無比的音樂。

從星星上墜落的雨滴，從星星傳來的歌聲，讓人在漸漸黯淡的夜空下，抓住了夏夜的小尾巴。

你說，這首歌有什麼情誼呢，它表達了某種積極的情感嗎？它具有教育的意義嗎？

不，不，或許都不是，你可以把它稱作一首詩。

每個人都可以讀懂的，夏之詩。

記得喚醒我，在夏夜結束時。

「前面幹什麼吶，這麼多人？」

小小的公園裡漸漸彙聚起更多的人，有些剛到的人不清楚情況，看見好多人都擠在公園的破舊小廣場上，便不由得出聲問。

「哎，聽說是有歌舞團在表演。」

「什麼歌舞團，明明是雜耍團好不好！」

「不對啊，我聽人家說是粵劇團，剛才還聽見女生咿呀咿呀地在開嗓呢。」

人多口雜，觀眾越來越多後，說什麼的都有，而這時候正是一段演出告一段落，樂手們休息輪換的時候，舞臺上只見人影沒有聲音，初來乍到摸不清情況的人也很多。

「說什麼呢？」終於，一個瞭解狀況的人開口了，「這是在搞樂團演出呢，你們不懂的！」

「樂團，就是電視上那種幾個人湊在一起的玩意？」

「是唱歌嗎，哪個明星啊？哎，我去叫我小孫子來看，他什麼都知道！」

嚴歡站在臺前，看著臺下聚集得越來越多的人，心裡卻更加不安穩了。看這些觀眾的年齡，大多是在五十歲以上，他們還能夠理解搖滾樂嗎？雖然之前黑舌的演出得到了些掌聲，但那也是因為女生她們故意挑選了較柔和的歌來唱，接受度比較高。

可是等一下，要是上去唱個死亡金屬或者是阿凱他們的硬式搖滾，這些上了年紀的聽眾會買帳嗎？

擔心漸漸地壓在嚴歡的心頭，讓他眉頭都緊蹙起來，而此時注意到他這個狀況的，只有 **John**。

「你在擔心些什麼？」老鬼不解道。

「你不懂……」嚴歡嘆氣，「你要知道，和你們那裡不一樣，在我們國內搖滾興起也就是最近一二十年的事情，年紀大的人，都不喜歡聽現在的流行歌，更何況是我們搖滾樂。只要他們等一下不把我們當成妖魔鬼怪，我就謝天謝地了。」

John 詫異道：「音樂和年齡有關係嗎？」

「怎麼沒有——」

John 打斷他，「在我看來，只要是一首好的歌，無論是哪裡的人都會欣賞。

而歡，你之所以這麼想，是因為對自己沒信心吧。」

嚴歡一愣。

「我怎麼就沒信心了？」

「因為你不認為，自己的歌可以打動世上的所有人。」John淡淡道，「無論是西裝筆挺的上班族、路邊的乞丐、忙著帶小孩的家庭主婦，還是休閒的老人。真正優秀的歌曲，可以讓世界上不同民族不同地位的人都為之沉醉。至少，我就是這麼認為的。」

嚴歡吞了吞口水，「可是語言不通。」

「歌聲就是心靈的語言。」

「但是愛好不同。」

「人對於美的欣賞總是大致趨同的，優秀的歌曲也一樣。」

「好吧。」嚴歡拜服了，「那你成功了嗎？有沒有創作出一首所有人都知道、所有人都喜歡的歌？」

John沉默許久之後，嚴歡才聽到他略帶不甘心的回答。

「我沒有做到真正的成功，只算是成功了一半，但是……」老鬼頓了頓，繼續道，「我曾經的一個伙伴，他比誰都更接近這個目標。」

「更接近，也就是還沒有做到。」嚴歡道，「沒有人能夠創作出那樣的一首歌吧。」

「是現在還沒有，不意味著以後沒有。」John批評他，「如果你們在創作時，不懷著這樣的目標，怎麼能與世界一流的樂團抗衡。」

「目標，討所有人歡心？」

「不。」John指正道，「是讓所有的人，都能看見你的心。」

蘊藏在歌聲和樂曲中的，那片赤忱之心。

嚴歡不禁沉浸到幻想中，讓世界各大洲的人們都可以感受到自己的心聲，那不就等同於將自己扒光展現在全世界面前？

那是多麼可怕、恐懼、令人心驚的事情，但同時，也是最勇敢、最無畏、最讓人佩服的事情。

比起語言的交流，人類的心靈交流更加珍貴，而正是因為明白它來之不易，數代以來，所有的搖滾樂手都在重複著同件事！

將自己扒光，赤裸裸地展現在世人面前！

任人審視質詢，隨他責罵偏頗，他們要做的，只是在這億萬的茫茫人海中尋找自己的同道，哪怕只有一顆心與自己共鳴，也就無怨無悔了。

不畏懼將自己曝光，不畏懼將自己袒露，將心中的一切都寫盡在歌詞與音樂中。

搖滾樂手，是激進而又勇往直前的一群人。

嚴歡感嘆，搖滾樂，要做好它，真不是一件容易的事。

「你現在才明白嗎？」John問，「所以害怕了？」

「不，是明白沒有退路了。」嚴歡笑了笑，「所以這樣，我只能也像那些先走一步的老前輩一樣，硬著頭皮走下去了。」

在搖滾之路上，裸奔！

「嚴歡！」

身後，向寬在臨時搭建的舞臺上對他招手。

「快點上來，輪到我們了！」

到我們了？

嚴歡回頭，看著小廣場上聚集得黑壓壓的人群，他們眼中有好奇有疑惑，但是並沒有惡意。

是了，自己在害怕什麼呢？如果僅僅是在這麼多人面前就不敢演出，以後怎麼踏上更高的舞臺？

嚴歡可還記得，自己和 **John** 定下的那個約定！

「來啦！」

他回應向寬，雙手撐著欄杆，一下子躍上了舞臺。

轉身，看著臺下人們好奇驚疑的目光，嚴歡在心裡悄悄道：

請看著吧，請聽著吧。

我連同心底最深的祕密，都會毫不隱藏！在歌聲裡傾訴！

因為，我是一名搖滾樂手！

接過一旁遞來的吉他，嚴歡注意到付聲也正看著自己，便對他露出一個笑容，「彈什麼？」

付聲看了他好幾秒，眼神變幻幾下，道：「你選吧。」

「哎？」

「你是團長。」

團長這個詞，嚴歡還是第一次聽付聲這麼正式地說出來，他呆了呆，笑道：「好吧，那就我選。」

這種時候，要揭開彷徨，拋下膽怯，明確自己未來不能退縮的路。

還有什麼別的選擇嗎?當然只有那一首。

是吧，**John**！

**John** 輕輕一笑，道：「跑吧。」

向前跑吧，嚴歡！

雷新是金雅鎮地方日報的一位實習記者，大學畢業，好不容易托關係進了老家的報社。可是一年工作下來，除了每天寫些無關緊要的路邊新聞，他在學校裡學的知識很少有機會拿出來用。

在這座平凡的小鎮裡，就連記者們的日子也都過得枯燥而普通，偶爾有個治安事件報導，就是一件大事了。今天準點下班，雷新騎著自行車回家，準備順道去小公園逛一圈，可車剛停在門口，就看到公園前人頭聳動，身為記者的敏銳直覺告訴他，這一定是有不同尋常的事情發生了。

「不好意思，借過、借過。」他連忙鑽進人群，擠過附近幾個看熱鬧的男人，向人潮的前方靠去。

這裡發生了什麼事，聚集了這麼多人？是街頭凶案，還是有人在鬧事？雷新下意識地覺得這一定是報導的好題材，整個人興奮起來

可他剛接近人群前面，就聽見一陣陣震天響的樂聲。

**碰碰碰，咚咚咚！**像是在打雷一樣，不過其實，這只是一串鼓聲。

鼓？

雷新呆了，放眼向前方看去，只見在一座簡易搭就的舞臺上，一群年輕人正滿頭大汗地演奏著，而在他們前方，則站著一個手拿麥克風的少年，閉著眼睛聲

嘶力竭地歌唱著。

那個少年的年紀，看起來頂多十八九歲吧。

這是……街頭賣藝？雷新又搖了搖頭，他仔細聽了聽音樂與歌聲，那激烈的節奏，那高昂的旋律，他聽出來了，竟然是搖滾！在這座平凡小鎮，竟然有搖滾樂團在戶外演出！在這之前，小鎮僅有的那幾家酒吧裡都只有駐唱歌手，見不到幾支樂團的影子。更別說像臺上這麼專業的樂團！

沒錯，專業！

雷新一下子就聽出來了，這支樂團絕對非同凡響，主唱、吉他、貝斯、鼓手，都是一等一的水準！沒看見嗎？就連周圍上了歲數的老人，都在這裡聽得津津有味。而且最難得的是，這支樂團不走流行，不跟潮流，是真真正正的搖滾作風！

為什麼他雷新瞭解得這麼清楚？嘿，其實在大學時代，他也是一支校園樂團的成員，當時也認真地玩了一段時間，只是畢業後樂團的伙伴們都四散了而已。不過偶爾，雷新有時候看到有關搖滾的新聞，也會額外關注一下。

他萬萬沒想到，今天，就在現在，這座破舊的小公園內，竟然能讓他接觸到一個正在發生的搖滾大新聞！還有什麼比在一座小鄉鎮，偶遇巡迴演出中的樂團更加令人興奮！

這是巡演，一定是巡演！

雷新瞪大了眼睛，興奮地看著臺上的樂手們。他看到那主唱年輕清秀的面容，突然覺得有些眼熟。哎？趕緊拿起背包翻了翻，翻出一本搖滾雜誌，幾下翻到其中某一頁。

迷笛音樂節年度最奪目新秀——悼亡者樂團！

足足兩個版面的專題報導，讓所有人都記住了這支樂團的每個成員。雷新再抬頭看向舞臺，不敢置信自己竟然在老家遇到了傳說中的最有潛力新樂團！再側頭一看，那舞臺下方的不正是黑舌和奇人樂團嗎！都是享譽地下搖滾界的大牌！

賺了，賺了！這次賺翻了！

雷新緊握住手裡的雜誌，興奮不已，目不轉睛地盯著臺上的樂手們，似乎害怕錯過任何一個細節。

臺上，正唱到一半的嚴歡突然打了個寒顫，疑惑地掃了一眼臺下的人群。

幾分鐘後，悼亡者的表演結束，輪休，換阿凱他們上臺。有了前面兩支樂團打下的基礎，阿凱他們大膽地一上來就演奏了一首十分勁爆的龐克歌曲。無論是樂曲還是歌詞，都是獨樹一幟，不走尋常路線。對於這首歌，上了年紀的聽眾們反響平平，倒是一些下班後路過公園的年輕人很是喜歡。

就這樣，三支樂團連番出場，在露天的環境下，聲音傳徹公園，而嚴歡也把喉嚨吼得都沙啞了。直到最後結束時，他有些難受地吞嚥著口水，很不舒服。

付聲放下吉他，注意到他的情況，輕輕皺了皺眉。

「你不知道保留力氣嗎？第一天就啞了，之後巡演你準備怎麼辦？」

「我……」嚴歡輕咳幾聲，也覺得自己沒掌握好分寸。可是沒辦法，今天實在是太嗨了，甚至比迷笛那一晚更讓他興奮，一個不留神就用嗓過度。

「咳，我——」

「少說幾句。」付聲打斷他的解釋，「你在這坐著，我去附近找找藥店，在我回來之前哪都不許去。」

「哎？」嚴歡睜大眼，付聲竟然會願意替他跑腿買藥，這麼好？以前在家裡的時候，向來是早中晚餐都是嚴歡去買，付聲像個大爺一樣在家裡坐著享受。

「我們只有一個主唱。」付聲似乎給自己找了一個理由，轉身走遠了。

嚴歡看著他走遠的背影，默默想，其實付聲好起來的時候，也是滿好的嘛。

咳咳，救命，喉嚨好癢。

他難受地摸了摸喉結，找了片草地坐下來等付聲。就在此時，頭上突然降下一片陰影，有人擋住了他上方的光線。

嚴歡抬頭一看，一個戴著黑框眼鏡的人臉，出現在離他不到五公分的地方，眼鏡臉帶著一副誇張的笑容，正眨也不眨地盯著自己。

「……嗷！」

「嘭咚」一聲巨響，在千分之一秒間，嚴歡完成了揮拳，收拳，後跳的動作。而那個突然出現的眼鏡男也慘叫著倒臥在草地上。

嚴歡感受著手上的觸感，嗯，肉呼呼的，有溫度，不是妖怪。

慘了！自己打了人，還把人家打翻了！他連忙走上前去，將那個倒楣鬼扶起來，連連致歉。

「抱歉抱歉！十分抱歉，我剛才反應過度，你有沒有受傷，還好嗎？」

雷新只覺得眼前一片昏花，眼冒金星，好不容易回過神來後，看著扶著自己拚命道歉的少年，只能苦笑。

「沒，是我不好，不該突然從後面接近你。」

他本來掛上一臉燦爛的笑容，準備和這位年輕主唱好好交流一番，可誰知交流沒成功，倒被揍了一拳，真是天降橫禍。

「對不起、對不起，我那拳有沒有打得很重？我去幫你……咳、咳咳！唔……」接連說了好幾句話，嚴歡的喉嚨又開始痛癢起來。他心裡叫糟，按照這種程度，明天他肯定連話都沒辦法說了！

希望付聲能買到一夜就能治好喉嚨的藥，祈禱！

雷新拍了拍身上的草屑，聽見嚴歡的聲音有些異樣，緊張道：「你喉嚨怎麼了，嚴歡？」

「我喉嚨，咳……你知道我的名字？」嚴歡剛想解釋，隨即詫異地抬頭，「你認識我？」

「我認識你們，但是你們卻不認識我。」

總算可以說正事了，雷新笑了笑，從口袋裡掏出名片夾，遞過去一張，又掏出記者證。

「我是金雅日報的記者雷新，請問，我可以對你們樂團做一次簡單採訪嗎？」

採、採、採什麼東東？

沒聽錯的話，是那種只有明星名人才能享受到的高規格待遇，傳說中的新聞採訪！

嚴歡眼睛一下子瞪得老大，喉嚨裡的痛癢也顧不上了。

「你確定你沒找錯人？是不是最近有哪個明星也叫嚴歡，先說好，我可不是什麼名人，找錯了不關我的事啊！」

雷新失笑。

「悼亡者樂團的主唱，嚴歡，難道不是你嗎？」

嚴歡傻愣愣地點頭。

「那麼，我找的就是你。」他又問了一遍，「請問，可以接受我的採訪嗎？」

付聲拎著一袋藥回來的時候，就看到一個長相猥瑣的眼鏡男正在搭訕嚴歡，還帶著一臉不明所以的笑容。食指動了動，付聲握緊袋子，不動聲色地接近。還沒走幾步，就聽到嚴歡那沙啞的聲音在激動地大喊。

「可以可以可以，你想做什麼都可以！」

嚴歡話音未落，就被人揪著後衣領從雷新面前拉開。轉身，看到的是面色不善的付聲。

「你……」

付聲把一袋子的藥扔到他懷裡。

「什麼時候被人賣了都還幫人數錢，笨蛋。」

他擋在嚴歡身前，審視地打量著眼前這個陌生人。

「記者？」

雷新一眼就認出付聲了，「咕嘟」一聲吞了吞口水。

「是、是的。」

「專業雜誌的？」

「不，那個……其實我就是地方日報的實習記者。」雷新本來不準備說出實習記者這個名稱的，但是在付聲那眼神下，他還是從實招了。

原來如此，一個和業界沒有關係，只是想借著他們的演出來為自己升職鋪路的小記者。付聲一眼就看破了雷新的算盤，不打算、也沒心思和這樣的人計較。

「回去收拾東西。」他轉身，拽著嚴歡就離開。

「哎，哎？可是採訪呢？」

「採訪？你怎麼不掂掂自己的水準，現在上了報紙頂多占豆干大小的地方，很有意思？」

嚴歡的腦袋立刻垂下去了，「豆干也是豆干嘛。」

「哼，沒志氣。」

身後，雷新見他們要走遠，連忙出聲喊道：「兩位！有什麼要求都可以提，我是真的想採訪你們！」

「要求？」

付聲停下腳步，回身看向他。那雙沉沉黑眸，彷彿在月色下閃爍著淡淡的光華。

「我們想要的東西，可不是靠別人就能實現的。」

名氣、採訪費、出鏡率，這些自己還是可以爭取一下的！雷新不甘心道：「那你們想要什麼？」

付聲看著他那雙渾濁的眼睛，突然笑了。

「世界第一的搖滾樂團，這個地位，你可以給嗎？」

說完，不等他回答，帶著嚴歡就走了。留下雷新獨自愣愣地站在原地，不可思議地瞪大眼睛。

「世、世界第一？」半晌，他才從牙縫裡擠出一個聲音，「以為是參加奧運嗎？我還冠軍亞軍呢！」

搖滾世界的等級劃分可沒有那麼清楚，往往頂尖的樂團不是一兩支隊伍，而是一兩百支隊伍，優秀與非常優秀之間的區分，有時候只是一首新創作的歌曲，或者是一個新的靈感。

在這樣界限曖昧不明的圈子裡，要去爭奪一個世界第一，那就好比是要在七十億人中挑出一個長得最好看的！這根本是不可能的事情，因為每個人的標準都太不同了。

可以說，在搖滾的世界裡，根本就沒有所謂的第一。而付聲這傢伙是腦抽還是怎樣，竟然那樣大放厥詞。

「不愧是付聲，聞名不如見面。」雷新嗤笑，「真是夠異想天開。」

他搖了搖頭，轉身離開，本來準備採訪的心思也淡了。畢竟還只是不那麼大眾的搖滾樂團，又不是真的明星，值得他那麼大費周章嗎？人家不答應就算了吧。

雷新插著褲袋，想明天又要去哪裡蹭稿子，寫寫誰家的八卦，反正日子也就這麼過了。

——世界第一。

付聲的聲音又從他腦內閃過，雷新腳步一頓，隨即自嘲地笑了笑，不再停留。

夢想這種東西，在現實面前總是會挫敗的，到時候你們這些樂手就會知道，光做白日夢是吃不飽的！

雷新離開了，而被付聲帶著走的嚴歡，卻沒那麼容易轉過彎來。

「世界第一？你剛才說的是真的？」

「是的。」

嚴歡瞪大眼睛，「我、我們？世、世界第一？」

付聲見他緊張得連話都說不清楚，不由得好笑道：「別把一切事情都想得那麼困難，第一並不是那麼難的事。」

「是嗎？可是我覺得很難啊……我上學到現在，還沒有考過一次第一呢，連體育和音樂都沒考過。」嚴歡沮喪道。

付聲倒是不以為意，「是嗎？那你現在回學校，要是考搖滾樂這門課的話，你就是第一名了。」

「這倒也是！可是學校哪會有這門課啊！」

「那換一種說法，在你們學校的所有學生中，你目前的吉他水準可以算作第一。」

「真、真的？」

「廢話。」付聲斜他一眼，「天天跟在我後面，如果還沒有學到一些，那你就比白痴還白痴了。」

「……」

這話究竟是表揚還是貶低？嚴歡姑且當作表揚聽了。

「再比如，在目前全國新成立的樂團中，我有信心，悼亡者會是實力第一的樂團。而不久後，我們會是國內第一的樂團。」付聲淡淡地道，就像是在說著什麼再正常不過的事情。

「而有了這麼多第一，亞洲第一，世界第一，為什麼就不可能？」

嚴歡想了想，「那之前世界第一的樂團是哪支？」

「沒有。」

「哦……沒有啊，什麼！沒有！」嚴歡怒視付聲，「你耍我？」

付聲臉色不變，「自搖滾樂誕生以來，的確有很多第一，開創流派的人、搖滾樂之父、第一個死於意外的搖滾樂手、第一個被載入史冊的樂手，但是真正意義上得到所有人認同的世界第一樂團，卻從來都沒有定論。」

付聲道：「換句話說，目前還從未出現過一支樂團，他們的實力強悍到足以說服全世界的人，哪怕是曾經閃耀一時的那些流星，都做不到。」

嚴歡似乎聽到 John 在他腦內輕哼一聲。

「這、這麼高難度的任務，交給我們來完成沒問題嗎？」

「有什麼問題？」付聲說，「這是一個誰都可以憧憬的目標，哪怕是路邊的一個流浪歌手，都可以這麼想，但要實現它卻不容易。不過一旦實現了……」付聲的雙眸暗了暗，「那麼那支樂團就會是史無前例的一顆恆星，誰的光芒都比不過它。」

「恆星啊……」嚴歡喃喃道，「聽起來好像不錯。」

兩人談話間，已經走到了大部隊收拾行李的地方，向寬整理著器具，聞言抬頭：「什麼恆星？你們在討論什麼？」

「沒有。」嚴歡笑道，「我只是和付聲談了一下心，順便討論了一下關於宇宙的深奧問題。」

他揮了揮手，便帶著那袋藥去找水吃藥了。

「這小子竟然會和付聲談心，我沒聽錯吧?!」向寬目瞪口呆，看著付聲和嚴歡難得不是不歡而散，而且還似乎談得很愉快。

「你沒聽錯。」陽光從他背後走出來，「這不是很正常嗎？」

「哪裡正常了？我只看到了一個大魔王把魔爪伸向了無知的小雞仔。」

「嗯，所以正常啊。」陽光笑道，「最符合生態迴圈的食物鍊關係。而且——」陽光頓了頓，看向站在黑夜中吹風的付聲。

「聰明人都明白，在適當的時候要給獵物一些空間，對獵物溫柔一些。」

獵物——嚴歡，當天晚上一整晚都睡不著，腦子裡翻來覆去想的都是付聲的那個「恆星論」。

付聲真的對悼亡者有這麼大的期許嗎？

那我又能做些什麼？

我們可以走多遠？

熬到大半夜，思緒還是在腦海裡翻飛，嚴歡涉世未深的智慧讓他無法思考出個所以然來，他沉沉地陷入夢鄉。

那一晚，夢中，嚴歡看到了一顆發光發亮的美麗恆星，它照亮了整座宇宙。

——《聲囂塵上03》完

高寶書版集團
gobooks.com.tw

**BL065**

**聲囂塵上03**

作　　者　YY的劣跡
繪　　者　瑞　讀
編　　輯　林雨欣
校　　對　薛怡冠
美術編輯　彭裕芳
排　　版　彭立瑋

發 行 人　朱凱蕾
出　　版　三日月書版股份有限公司
　　　　　Printed in Taiwan
地　　址　臺北市內湖區洲子街88號3樓
網　　址　www.gobooks.com.tw
電　　話　(02) 27992788
電　　郵　readers@gobooks.com.tw（讀者服務部）
傳　　真　出版部　(02) 27990909　行銷部 (02) 27993088
郵政劃撥　50404557
戶　　名　三日月書版股份有限公司
發　　行　英屬維京群島商高寶國際有限公司台灣分公司
　　　　　Global Group Holdings, Ltd.
初版日期　2022年2月

本著作物《聲囂塵上（搖滾）》，作者：YY的劣跡，由北京晉江原創網絡科技有限公司授權出版。

國家圖書館出版品預行編目(CIP)資料

聲囂塵上/YY的劣跡著.-- 初版. -- 臺北市：三日月書版股份有限公司出版：英屬維京群島高寶國際有限公司臺灣分公司發行, 2022.02-
面；　公分. --

ISBN 978-986-0774-54-2(第3冊：平裝)

857.7　　110017878

三日月書版

三日月書版

GOBOOKS
& SITAK
GROUP©

GOBOOKS
& SITAK
GROUP©